다시 생각하고
다시 설계하고
다시 짓자

더 나은 내 인생을 위하여

초판1쇄 인쇄 | 2010년 9월 16일
초판1쇄 발행 | 2010년 9월 20일

지은이 | 고쿠부 야스타카
옮긴이 | 정은지
펴낸이 | 박대용
펴낸곳 | 도서출판 징검다리

주소 | 413-834 경기도 파주시 교하읍 산남리 292-8
전화 | 031)957-3890,3891 팩스 031)957-3889
이메일 | zinggumdari@hanmail.net

출판등록 | 제 10-1574호
등록일자 | 1998년 4월 3일

다시 생각하고 다시 설계하고 다시 짓자

Rethink
Redesign
Rebuild
Human life

고쿠부 야스타카 지음 | 정은지 옮김

징검다리

읽기만 해도 마음이 가벼워지고 밝아지는 책. 고개가 절로 끄덕여지며 카운슬러 저리 가라할 정도로 즉시 효과가 나타나는 책. 이 책은 그런 소망을 담고 있다.

나는 왜 그런 책이 쓰고 싶었을까? 카운슬링 심리학을 전공한 덕분에 학생뿐 아니라 교사, 회사원, 간호사, 관리직 등 다양한 분야에 종사하는 다양한 사람들을 상대로 강의 혹은 상담을 할 기회가 많다. 그들을 보면서 평범한 사람들이 안고 있는 고민이라면 일대일로 얼굴을 마주하지 않아도 독서나 강의 수강만으로 문제 해결의 실마리를 풀 수 있지 않을까 하는 생각이 들었다.

책을 읽는 것만으로도 인간관계에 얽힌 고민의 실타래를 풀 수 있지 않을까? 그것은 생각이 바뀌기 때문에 가능한 일이다.

세상에는 현실과 동떨어진 생각을 떨쳐버리지 못하고 불필요한 고민을 하는 사람들이 많다. '내가 아내를 먹여 살리고 있다'는 사실을 추호도 의심하지 않고 있다가 어느 날 갑자기 황혼이혼을 당하는 남편들이 그 전형적인 예다.

카운슬링 심리학에는 8가지 주요 학파가 있다. 그중에서 '고민은 마음먹기에 달렸다'고 제창하는 학설이 바로 알버트 앨리스의 논리요법이다. 나 또한 난관에 부딪힐 때마다 이 논리요법을 적절히 구사하면서 어려움을 극복해왔다. 앨리스와 앨리스의 제자에게 받은 지도가 큰 힘이 되었다. 이 책에서는 이런 논리요법이 주요 테마로 자리 잡고 있다.

'재미있고 유익하고 동시에 학문적 배경으로 철저히 무장한 책'을 목표로 심혈을 기울여 이 책을 집필했다.

생각이 바뀌면 감정이 바뀌고 감정이 바뀌면 행동이 바뀐다. 즉 사고와 감정, 그리고 행동은 떼려야 뗄 수 없는 관계에 있다. 생각이 바뀌면 생활 곳곳에서 묻어나는 감정이나 행동거지가 바뀐다. 가령, '탈진증후군(이상이나 목표를 향해 돌진하는 사람이 자신의 한계나 현실의 벽을 느껴 마치 다 타버린 것 같아 우울상태에 빠지는 증상)'에 걸려 삶의 기력을 잃었던 사람이 '더 베스트가 아니라 마이 베스트로 살아가겠다.' (사고)고 마음을 고쳐먹었다고 하자. 그러면 '초조'하고 '불안' (감정)했던 마음이 수그러들고 그 결과 다시 복직(행동)할 용기와 힘이 생긴다. 이것이 사고, 감정, 행동의 삼위일체론의 예이며 이 삼위일체론이야말로 이 책의 기조라고 할 수 있다.

마지막으로 이 책의 편집에 힘써주시고 뛰어난 아이디어를 제공해주신 PHP 연구소 비즈니스 출판부의 지주 히로코(次重 浩子)씨에게 진심으로 감사의 말씀을 전하는 바이다.

카운슬링 사이콜로지스트 고쿠부 야스타카

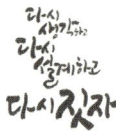

1

인간관계를 풍요롭게
만드는 원리를 알자

다시 생각하고, 다시 설계하고 다시 짓자

자기표현을 하지 않으면 정체성을 모른다

정체성이 느껴지지 않는 사람이 있다. 어떤 인생을 걸어왔는지 또 현재 어떤 인생을 걷고 있는지 도무지 감이 잡히지 않는 사람을 두고 흔히 이렇게 표현한다. 이런 사람과는 인간관계를 맺기 또한 쉽지 않다.

연수를 받으러 오는 수강생 중에도 가끔 이런 유형의 사람을 발견할 때가 있다. 토론이 한창일 때도 결코 질문을 하거나 반응을 하는 법이 없다. 잠자코 듣고만 있을 뿐이다. 휴식시간에는 혼자서 커피를 마시며 무리에 끼지 않는다. "기분이 안 좋으신가요?" 하고 물어도 "아니요." 하는 짧은 대답만이 돌아온다. 초등학생이라면 이리 저리 구슬려보기라도 한다지만 그럴 수도 없는 노릇이다. 대화다운 대화 한 번 제대로 나눠보지 못하고 헤어지면 그것으로 끝인 관계가 되고 만다.

'정체성이 없는 사람'에서 벗어나자

지금처럼 인구 이동이 많은 시대는 잘 모르는 사람과 접촉할 기회가 많다. 심지어 함께 생활하게 되는 경우가 생기기도 한다. 그러므로 자연스럽고 세련되게 자기를 표현하는 능력이 요구된다. 자칫 잘못하면 '정체성이 없는 사람'으로 비쳐질 위험도 배제할 수 없으므로.

예를 들어 "오늘은 일찍 좀 들어가 보겠습니다." 보다는 "아이가 교통사고가 났는데 보상 문제 때문에 가해자와 만나기로 했거든요……." 하는 쪽이 훨씬 자기 표현력이 강한 사람이다.

자기표현이란 적절하게 자신의 의지 또는 상황을 알리거나 감정을 표현하는 일, 혹은 가치관을 표명하는 일 등을 포괄적으로 말한다.

행여 사람들의 웃음거리가 되지는 않을까 전전긍긍하기만 해서는 호랑이를 잡기는커녕 호랑이 굴에 들어가지도 못한 채 사태가 끝나고 만다. 어느 정도 위험을 감내하겠다는 용기가 없으면 깊이 있는 인간관계도 만들기 어렵다. 독도, 약도 되지 않는 미지근한 관계만 쌓다가 인생이 끝나고 만다.

자기표현을 잘하고 못함의 차이는

그런데 자기표현이 아니라 처지 한탄이나 잘난 척으로밖에 들리지 않는 경우를 종종 본다.

주위 사람들은 속으로 혀를 내두르고 있는데 본인만 그 사실을 모른다. 이래서야 사람들의 원성만 살 뿐 효과는 제로다.

자기 딴에는 열심히 자기 자신을 어필하고 있는데 그것이 오히려 인간관계를 방해한다? 도대체 이유가 뭘까? 원인은 두 가지다.

(1) 타이밍이 나쁘다 —— 상황을 판단하는 센스가 없다. 상대방의 입장이 되어 생각하는 능력이 있는가 없는가가 관건이다.

쉬운 예로 이런 것이다. 피치 못할 사정으로 차 안에서 도시락을 먹게 된 날이 있었다. 도시락을 다 먹고 난 직후 한 학생이 "교수님, 저는 ○○과 학생인데요⋯⋯." 하며 말을 걸어왔다. 차에서 약간 떨어진 곳에서 내가 식사를 끝내기를 기다렸다고 한다. 덕분에 나는 식사에 방해를 받지 않았을 뿐더러 그의 이야기를 차근차근 들을 수 있었다.

(2) **목적 없는 자기표현** —— 아무 목적도 없이 수다를 떨 때 때로는 일종의 카타르시스를 느끼기도 한다. 그러나 이런 수다는 상대방을 금방 질리게 만든다.

그렇다면 목적 있는 자기표현이란 어떤 것일까?

첫째, 상대방의 공감을 얻어내는 말이다.

이럴 때 긍정적인 인간관계의 토대가 만들어진다. '나도 그렇게 생각한다' '나도 같은 경험을 했다'는 유사성을 이끌어 내는 것이다.

둘째, 상대방에게 이득이 되는 말이다.

"저는 고혈압 때문에 감잎 우린 물을 늘 마셔요. 아주 효과가 좋더라고요." 라는 말 속에서 상대방은 참고가 될 만한 정보를 얻을지도 모른다.

셋째, 오해를 사지 않는 표현이다.

"교육 실습 인사를 마치고 방금 돌아오는 길입니다." 라고 말하면 '지가 무슨 중역인가 이 시간에 출근하고.' 하는 오해를 막을 수 있다. 침묵은 결코 금이 아니다.

자신의 성장 과정이나 생각을 표현할 때 비로소
인간관계의 싹이 튼다. 필요 없는 오해를 살 일도 없어진다.
단, 타이밍을 잘 잡을 것. 목적 없는 수다도 금물!

2

말이 전부가 아니다.
비언어적 표현에 신경 쓰자

달변가임에는 틀림없는데 상사나 동료들에게 환영받지 못하는 사람이 있다. 반면, 말솜씨는 별로지만 의외로 사교의 폭이 넓은 사람도 있다. 그 차이는 도대체 어디서 나오는 것일까? 그것은 비언어적 표현을 어떻게 구사하느냐에 달렸다. 몸짓이나 표정, 자세 등은 입으로 내뱉는 말보다 훨씬 유력한 커뮤니케이션 채널이다. 예를 들어 설명해보자.

비언어적 표현의 종류는 의외로 많다

쉰을 넘긴 부장이 "오이, 좋은 아침!"

하면서 사무실로 들어온다. 이때 자리에서 일어나 맞이하는 직원과 그냥 앉은 채로 대꾸하는 직원이 있다.

축하 파티에 참석하는데 와이셔츠를 팔꿈치까지 걷어 올리고 나타나는 사람과 깔끔한 정장 차림으로 나타나는 사람은 평가가 다를 수밖에 없다.

새로 옮긴 부서 사람들과 대면하는 자리에서 고개를 푹 숙인 채 들릴락말락한 목소리로 메모를 읽는 사람과 청중을 향해 큰 소리로 당당하게 자신의 포부를 밝히는 사람을 대하는 주변 사람들의 호의는 다를 수밖에 없다.

자신의 의지를 표현하려는 의식 혹은 노력이 그 사람의 기조가 되어 다양한 상황에서 나타나는 법이다.

이와 같은 비언어적 표현은 동작이나 복장, 인사하는 태도, 눈매, 음성, 표정, 앉는 방법, 몸매, 타이밍 잡는 센스, 보내오는 선물, 시선, 물리적 거리 등 셀 수 없이 많다.

'눈은 마음의 창이다' 는 말도 있지 않은가. 입으로는 '사랑해, 사랑해' 잘도 말하면서 데이트 때마다 늦게 나타난다면 상대방은 사랑받고 있다고 느낄 수 있을까? "괜찮아요." 하며 애써 부인하고 있지만 손을 부들부들 떨고 있다면? 그 본심은 하나도 괜찮지가 않은 것이다.

비언어적 표현에 능수능란해지는 방법

내 본심을 알아주길 바란다면, 오해를 사고 싶지 않다면 본심을 제대로 표현할 수 있는 비언어적 표현 방법을 잘 구사해야 한다.

영어회화를 공부할 때 잘하는 사람의 발음이나 비법을 모방하는 것처럼 비언어적 표현도 잘하는 사람을 모방하면 효과가 빠르다.

모방은 싫다고 고개를 젓는 사람이 있는가? 그러나 철저한 모방이 가능할 때 비로소 독창성이 싹튼다. 아무 것도 없는 '무(無)' 상태에서는 독창성도 싹트기 힘들다. 모방은 개성의 어머니임을 명심하자.

오랫동안 교직에 몸담으면서 느낀 바가 있다. 화술이나 동작, 태도가 어딘가 부족해 학생들 혹은 부모들에게 전폭적인 신뢰를 받지 못하는 교사들의 공통점은 '나도 이런 사람이 되고 싶다!'고 모방하고 싶은 사람을 한 번도 만난 적이 없다는 것이다. 개성을 지나치게 고집한 나머지 늘 시행착오를 겪는다는 기분에서 헤어나지 못한다. 이런 상황에서 자신감이 생겨날 리 없다.

그렇다면 어떤 사람의 언행을 흉내 내면 좋을까? 다른 사람의 비언어적 표현 중에서 느낌이 좋고 옳거니 하는 것이 있다면 하나 둘씩 흉내 내어 보자. 예를 들어, 보고할 일이 있어 사장 방에 들어가게 되었다고 하자. 보고하는 시간은 길어야 몇 분이다. 그 때 과장인 당신을 향해 "어서 오게." 하며 사장이 자리를 권해준다면 얼마나 감격스럽겠는가.

나라면 지체 없이 따라 한다. 누가 내가 쓴 책 제목을 알려달라고 해서 알려줬더니 1000엔짜리 전화카드를 보내주었다. '오호 훌륭한 사례 방법인 걸' 그 즉시 나는 공항에 배웅와준 학생들에게 이 방법을 써보았다. 말로는 100% 마음을 전하기 힘들다. 비언어적 표현을 적절히 활용하는 것이 원만한 커뮤니케이션의 지름길임을 기억하자.

외모나 행동이 그 사람의 인상을 결정하는 경우가 많다.
느낌이 좋은 사람, 호감이 가는 사람의 행동과 태도, 옷차림,
보내오는 선물 등을 끊임없이 흉내 내자!

3 '시간관념' 과 '이미지 관리' 가 관계를 결정 짓는다

인간관계를 결정짓는 중요한 요인이 두 가지 있다. 하나는 '시간관념', 또 하나는 '이미지'다. 회사와 같이 서로의 역할이 분명한 관계든 연애 상대와 같이 지극히 개인적인 관계든 '시간관념' 과 '이미지 관리'에 충실한 사람은 다음에서 기술하는 특징을 대개 갖추고 있다. 이런 사람은 칼자루 두 개를 현명하게 잘 쓰는 사람이다.

마음을 울리는 관계는 시간관념에서 싹튼다

마감일이 임박해서야 부랴부랴 일을 시작하는 사람, 늘 회의에 늦는 사람, 어렵게 시간을 내서 왔는데 좀처럼 본론을 꺼내지 않는 사람. 내가 보기에 이런 사람들은 시간의 소중함을 모르는 사람들처럼 보인다.

회의 종료 시간을 정하지 않으면 별로 유용하지도 않은 잡담들만 늘어놓다가 끝에 가서야 허둥지둥 중요 안건이 화제로 떠오르는 경우가 많다. 소중한 시간을 버리는 것만 같아 안타깝기 그지없다.

카운슬링이나 심리요법 중에 "그럼 지금부터 한 번 정도 함께 머리를 맞대고 이 문제에 대해 생각해봅시다." 하고 제안하는 시간제한요법이라는 것이 있다. 삶은 이처럼 시간을 의식하면서 행동을 선택하는 과정의 연속이다. 막연하게 마음이 가는대로 시간에 몸을 맡긴 채 행동해서는 안 된다. 극히 짧은 순간일지라도 하늘이 내린 감로(甘露)처럼 소중하게 여기고 의식하면서 살아야 한다.

시간관념이 없는 사람은 어떤 사람일까?

목표 없이 사는 사람이다. 특별한 목표 없이 하루하루를 사는 사람.

또한 일의 경중을 생각하지 않고 인생의 중대사가 무엇인지 분별하지 못하는 사람이다. 이런 사람은 자신의 하찮은 일에 다른 사람을 끌어들이고 시간을 빼앗는 것을 아무렇지도 않게 생각한다.

게으른 사람도 여기에 해당한다. 해야 할 일을 나 몰라라 하고 시간을 죽이는 사람이다.

이런 사람은 주변 사람들의 경계 대상이 되기 때문에 누구와도 마음을 주고받는 진정한 인간관계를 맺기 힘들다.

긍정적 이미지를 만들자

시간관념만큼 중요한 포인트는 자기 관리다. 이를 위해 가장 경계해야 할 것이 자기 비하다.

"파견사원인 제가 뭘 알겠어요…….""제가 머리가 좀 나빠서요……." 등등.

이 말을 듣는 사람은 어쩔 수 없이 "아니에요. 무슨 말씀이세요. 절대 그렇지 않아요." 하고 위로하겠지만 자기 비하에 젖어 사는 사람과 같이 있으면 피곤해진다.

이 말에 정신이 번쩍 든다면 '나 같은 게 뭐……." 하는 부정적 이미지를 긍정적 이미지로 바꿔야 한다.

그러기 위해서는 먼저 자기 수용 자세가 필요하다. 자기 비하는 자기혐오의 한 가지 표출 형태이므로 자기 비하를 멈추기 위해서는 먼저 자기혐오를 멈추어야 한다. 자기혐오의 정반대 개념이 바로 자기 수용이다.

즉, 있는 그대로의 나 자신을(파견사원인 나를 인정하고 머리 나쁜 나를 인정한다) 인정하고 내가 정말로 하고 싶은 일은 무엇인가? 내가 할 수 있는 일은 무엇인가?를 생각한다.

몸이 불편한 장애우가 자신의 핸디캡을 딛고 자기가 할 수 있는 일을 찾아 열심히 노력하는 모습은 주변 사람들에게 삶의 에너지와 감동을 선사하지 않는가.

'나는……이 되고 싶다' '나는 ……을 할 수 있는 사람이다'라는 긍정적 이미지를 갖는 것이 중요하다.

부정적 이미지로 가득 차 있으면 주변 공기까지 덩달아 암울해지기 때문에 사람들이 가까이 다가오지 않는다. 인간관계를 방해하는 훼방꾼밖에 되지 않는다. 밝은 이미지는 세상 사람들의 등불이 된다. 사람들은 등불 아래 모이기 마련이다.

시간을 소중히 여기자. 있는 그대로의 내 모습을 인정함으로써 긍정적 이미지를 가꾸어가자. 그러면 자연히 사람들이 당신 주위에 모여든다.

**인간관계의 알맹이는
'역할 관계'와 '감정 교류'**

인간관계의 알맹이는 '역할 관계'와 '감정 교류' 이 두 가지로 집약된다. 인간관계가 원만한 사람은 이 두 가지를 잘 나누어 조절하는 사람이다.

바람도 안 피우고 월급은 통장 째 아내에게 맡기고 아이들 공부도 잘 봐 주는 남자가 있다. 남편으로서의 역할도, 아빠로서의 역할도 충실히 수행하고 있지만 아내에게 사랑받지 못한다면? 말도 재치 있게 못하고 둘이서 모처럼 외출을 해도 하나도 흥이 나지 않는다고 아내는 입을 삐죽거린다. 이것은 두 사람의 감정 교류에 문제가 있기 때문이다.

한편 영원한 소년처럼 언제나 자신의 꿈에 취해 사는 남편이 있다. 말 주변도 좋고 매너도 좋다. 키도 크고 잘 생겨서 같이 나가면 어깨가 으쓱거려진다. 함께 있으면 시간 가는 줄 모른다. 그런데 호탕하게 친구들한테 쏘기는 잘 쏘면서 집안에 제대로 돈을 갖다 주지 않는다면? 아이들이 아빠 아빠하며 잘 따르지만 가정교육에는 전혀 신경을 쓰지 않아서 진학 상담은 모두 아내 몫이라면? 이런 상황이라면 아내의 짐은 커질 수밖에 없다. 남편은 의지나 존경의 대상이 되기 힘들다. 남편으로서, 아빠로서의 역할을 제대로 수행하고 있다고 말할 수 없다.

역할 인간은 방위 인간

그러나 역할 수행에만 치우친 사람은 역할을 자기를 방어하기 위한 방패로 삼는 경우도 종종 있으니 경계해야 한다.

'나는 사장이야!'

하면서 역할을 과시함으로써 부하의 공격을 막는 행위가 그 전형적인 사례다. 과시할 수 있을 정도의 역할을 가지지 못한 사람은 오로지 맡겨진 임무에 충실하다. 다른 사람들에게 나쁜 인간으로 비춰지지 않기 위해, 뒤에서 손가락질 받지 않기 위해 노력하는 것이다.

역할 인간은 방위 인간이라는 사실을 뼈저리게 실감한 것은 대학에서 분규가 있었을 때다. 학생들에게 둘러싸여 "교수님은 어떻게 생각하시나요?"라고 힐문(詰問) 당했을 때 "오늘은 학생과 과장으로서 회담에 임하고 있을 뿐, 개인의 자격으로 이 자리에 나와 있는 것이 아니다. 그러므로 사적 견해는 밝힐 수 없다."라고 스테레오처럼 같은 말을 반복했다. 역할이라는 갑옷으로 나를 무장하고 있었던 것이다. 이런 역할 인간에서 빠져나가기 위해 용기가 필요하다고 느꼈을 때는 이미 학내 소요도 어느 정도 진정되어 가고 있었다.

역할에 충실한 사람은 분명 성실하고 우직하다. 그러나 자신의 진심을 드러내기가 힘들다. 이런 난관을 옛날 사람들은 생활의 지혜로 잘 극복했던 것 같다. 일 년에 몇 번씩 제례를 할 때 무례강(지위나 신분의 높고 낮음을 가리지 않고 어울려 즐기는 술자리)을 즐김으로써 스트레스를 발산했다.

감정 교류에 치우치는 사람은 상대방을 바보로 만들 위험이 있다

반대로 감정 교류에만 치우치면 어떻게 될까? 감정 교류에만 치우치는 사람은 현실 감각이 떨어지고 유아적 기질이 남아있는 사람이다. 동호회에 목매는 사람들이 여기에 속한다.

그러나 세상은 동호회가 아니다. 아무리 피 같은 내 자식이지만 공부를 못하면 부모가 원하는 대학에 입학시킬 수 없다. 역할을 수행한다는 말은 하기 싫어도 해야 함을 포괄하는 의미다. '마음이 내키지 않아도' 해야만 하는 것이다.

역할 관계를 무시하고 상대방을 위한답시고 "뭐, 괜찮지 않겠어." 하며 인정에만 치우치다보면 오히려 본말이 전도되어 상대방을 바보로 만들 위험이 있다. 손자의 어리광을 받아주기만 하는 할아버지 할머니들이 그렇다. 눈에 넣어도 안 아픈 손자지만 '노'를 외쳐야 할 때는 외쳐야 한다.

유아적 기질이 남아있는 사람은 악인이 되어야 할지 지옥에서 만난 부처님이 되어야 할지 판단을 제대로 하지 못하는 경우가 많다. 다른 사람에게 사랑받고 싶은 본능이 너무 강한 나머지 자기 본위로 생각하기 때문이리라.

악인을 자청해서 할 수 있는 사람은 상대방의 성장을 위해서인지, 집단 유지를 위해서인지 어떠한 경우든 상대방의 행복을 제일 우선으로 생각하는 사람이다.

역할 인간으로도 감정 인간으로도 치우쳐서는 안 된다.

역할을 충실히 수행하면서 감정 교류를 원만히 할 수 있는

사람만이 인간관계의 달인이 될 수 있다.

5

'기브 앤 테이크' 방정식

인간관계의 기본 원칙 중 하나가 바로 기브 앤 테이크 원칙이다. 어느 한쪽이 일방적이어서는 결과가 좋지 않다. 양쪽의 균형을 어떻게 잡느냐가 포인트다.

준다고 다 좋은 것은 아니다

다른 사람에게 시간이나 돈이나 노력, 애정을 기브하지 않는 사람은 '자린고비'다. 이런 사람은 내 것을 주면 그만큼 없어진다고 생각한다. 그러나 이는 오산이다. 다른 사람에게 베푼 만큼 돌아오기 때문에 결국 자신을 풍요롭게 만들어준다. 결코 손해가 아니다. 아무 것도 베풀지 않으면 아무 것도 돌아오지 않기 때문에 줄어드는 것도, 늘어나는 것도 없다.

"선생님, 이런 책 읽어보셨나요?" "선생님, 이런 식으로 생각하는 건 어떨까요?" "선생님이 말씀하신대로 했더니 이런 결과가 나왔어요." 하는 식으로 정보나 생각을 알려주고 끊임없이 묻는 사람들이 있다. 귀동냥으로 들은 지식일지언정 쌓이면 큰 재산이 된다. 다음 공부 계획을 짜기도 쉽다. 주변 사람들에게 들은 정보는 피가 되고 살이 된다.

세상에는 자린고비와는 정반대로 무작정 주기만 하는 사람도 있다. 흔히 말하는 선심을 잘 쓰는 사람이다. 그러나 이런 사람도 무조건 칭송할 일은 아니다. 낭비벽 심리가 있기 때문이다. 돈이든 시간이든 낭비를 일삼는 사람의 심리 속에는 다른 사람에게 잘 보이고 싶은 심리가 숨어있기 마련이다. 애정 결핍의 한 형태다. 개중에는 '노 땡큐' 하고 싶은 것들도 많다.

너무 주기만 하는 사람은 '탈진증후군'에 걸릴 위험도 있다. 조금은 아끼자. 자기 자신의 사적인 영역은 유지하는 것이 바람직하다.

해외연수 인솔단장처럼 하루에 한 번 단 15분이라도 좋으니 혼자 방에서 자신만의 시간을 갖자.

'테이크'하는 상대방은 신중히 고르자

테이크를 지나치게 의식하는 사람, 즉 주지는 않고 받으려고만 하는 사람은 밉살스럽다.

적당하게 질문하면서 가르침을 갈구하는 사람은 '겸손하다' '솔직하다' '천진한 구석이 있다'고 호감을 살 확률이 높지만 자주 독립 정신이 철저한 사람은 '완벽주의자' '도통 속을 알 수 없는 가면인간' '다른 사람은 안중에도 없는 오만한 인간'으로 오해받기 쉽다. 그러므로 적당한 테이크, 적당한 응석은 필요하다.

그러나 도가 지나치면 '얼굴이 두껍다, 집요하다, 다른 사람을 이용하는 인간이다'라고 경원(敬遠)당할 위험이 크니 조심해야 한다.

예를 들어 상담 편지를 보내오면서 답신용 우표나 봉투도 동봉하지 않은 채 빠른 회신을 독촉하는 사람이 그렇다.

적당한 수준의 테이크를 원했지만 상대방은 당신에게 다른 기브를 기대하고 있을 지도 모른다는 사실을 염두에 두어야 한다. 자식의 취직자리를 알아봐 달라고 부탁하면서 상대방 자식의 근황을 모른 척 할 수는 없는 노릇이다. 때에 따라서는 울며 겨자 먹기 식으로 기부를 해야 할 일이 생길 지도 모르고 회사 기밀을 알려줘야 할 일이 생길 지도 모를 일이다.

그러므로 테이크할 때(의존하거나 무언가를 부탁해야 할 때)는 지혜가 필요하다. 이는 사회생활을 하는데 반드시 필요한 상식이다. 테이크만 바라고 기브하지 않는다면 은혜를 모르는 인간이라는 비난을 감수해야만 한다. 나는 제자의 취직을 부탁해놓은 상태에서 상대방에게 강연을 의뢰받으면 무리하게라도 스케줄을 짠다. 테이크는 그만큼 신중해야 한다.

또한 테이크한 다음 기브하기보다는 기브한 다음 테이크하는 쪽이 심리적 부담이 적음을 명심하도록.

특히 자식이나 제자, 부하에게 부탁을 받는 입장이 되면 나를 의지하는 사람들을 위해 테이크하지 않으면 안 된다. 평소에 기브가 몸에 밴 삶을 추구하자.

테이크하면 상대방은 당신에게
다른 기브를 원할 수 있다는 사실을 명심하자.
평소에 기브를 생활화하면 심리적 부담이 적어진다.
기브가 당신을 윤택하게 해 줄 수 있음을 깨닫자.

6

나를 알고 상대방을 아는 방법은

어떻게 하면 상대방에게 호감을 살 수 있을까?

자신의 성격 경향을 알고 상대방의 심리 상태를 감지하여 최대한 셀프컨트롤 능력을 키우자.

끔찍한 경험을 통해 나 자신을 돌아보자

먼저 내가 존경하는 석가의 기법을 소개하면서 본론에 들어가려 한다.

석가가 뜨거운 불에 달군 젓가락을 제자에게 쥐어보라고 했다. 제자는 주뼛주뼛 오금을 저리면서 젓가락을 쥐었다. 그때

석가가 말한다.

"너는 이 불젓가락이 뜨겁다는 것을 알기 때문에 신중하게 행동했다. 그래서 큰 화상을 입지 않을 수 있었다."

그렇다. 중요한 일을 할 때 우리는 그 일을 크게 의식하고 신중해진다. 가령, 연장자와 함께 있으면 자기도 모르게 자주 언쟁을 벌이는 경향이 있다고 스스로 의식하고 있다면 연장자와 대화를 나눌 때 신중해지기 때문에 트러블을 피할 수 있다. 그렇지 않으면 무의식 속에 잠재되어 있는 콤플렉스에 휘둘려 나중에 후회할 일을 벌이고야 말 공산이 크다.

어떻게 하면 자신의 버릇(경향)을 깨달을 수 있을까? 이를 위해서는 자신의 욕구대로 되지 않는 경험 쌓기가 중요하다.

서글픈 경험, 한심한 경험, 분노, 굴욕감 등을 맛볼 때마다

'왜 나만 바보 취급을 받았을까?'

'왜 나만 그 모임에 초대받지 못했을까?'

'왜 그녀에게 차였을까?'

깊이 생각해보는 것이다. 만약 주변 사람들이 추켜 세워준 덕분에 따돌림 같은 서글픈 경험을 한 번도 당한 적이 없다면 영원히 자신의 버릇(경향)을 깨닫기 힘들다. 이런 사람은 불혹을 넘기고도 사사건건 말참견에 버릇없기가 하늘을 찌른다.

스스로 어떤 사람인지 이해하기 위해 다양한 상황에 부딪혀

보기, 다양한 사람들과 접촉해보기, 싫은 일이지만 억지로 맡아보기 등등, 욕구 불만을 노이로제가 되지 않을 정도로 적당히 경험해보면 인생의 약이 된다.

허물없이 나에 대해 말해줄 수 있는 친구를 갖자

또 한 가지 방법은 다른 사람의 기분이나 상황을 배려하기다.

"지금 전화로 3분 정도만 얘기하실 수 있나요?" 정도의 배려는 필수다.

그러나 호인들은 내가 좋으면 남도 좋겠거니, 내가 싫으면 남도 싫겠거니 지레짐작하기를 잘 한다. 한 마디로 둔감하다.

그리고는 왜 가벼운 사람 취급을 받는지, 왜 사람들이 부담스러워하는지 모른다.

다른 사람의 기분이나 마음을 알려면 어떻게 해야 할까?

솔직하게 상황을 말해주는 친구를 두면 좋다.

"네 얘기는 너무 장황해."

"어떻게 네 얘기만 하냐."

"너는 속이 꽤 깊구나."

등등, 나에 대해 솔직하게 평가해줄 수 있는 사람을 두는 것

이다. 이런 친구를 만들려면 나부터 배우려는 자세를 보여야
한다. 시건방을 떠는 사람과는 당장 연을 끊자.

다른 사람의 마음을 헤아리는 또 다른 방법으로 내성법이라
는 것이 있다. 내성법이란 끊임없이 자신의 마음을 응시하는
것이다.

'나는 지금 이 연회를 즐기고 있는데 다른 사람은 어떨까?
쭈뼛쭈뼛 누가 먼저 말 걸어주기를 기다리고 있는 것은 아닐
까?'

하면서 주변 사람들을 관찰해보자. 모를 때는 솔직하게 물어
보자. 혼자 생각에 빠지다보면 외곬수가 되기 쉽다. 외곬수가
되면 진심을 곡해할 위험도 있다.

> 욕구 불만을 경험해봄으로써 자신의 버릇이나 경향을 깨닫고
> 그것을 거울삼아 다른 사람을 이해하려고 노력해보자.
> 스스로를 컨트롤할 수 있으면 다른 사람과 부딪힐 일은 적어진다.

7
조직의 원칙을 항상 염두에 두자

군인들은 직속상관과 만나면 부동자세로 경례를 해야 한다. 그러나 타부대의 상급자에게는 걸으면서 경례를 해도 괜찮다. 지휘 체계를 자각한다는 의미에서 이는 매우 상징적인 행위다.

이것은 조직 속에 몸을 담고 있는 사람에게는 매우 중요한 정신으로, 명령일원화의 원칙에 준한다.

직장에서는 자신의 책임과 권한을 확실히 자각하자

예를 들어 경리과의 젊은 사원에게 영업부장이 일을 지시하는 경우, 지시받은 쪽은 "그 일을 해 드리고 싶지만 저희 과장의 지시 없이 제 마음대로 할 수는 없으니 과장에게 부탁하시기 바랍니다."

이렇게 하는 것이 보편적이다.

영업부장에서 일을 부탁받은 경리과장은 "그 일을 해 드리고 싶지만 경리부장의 지시 없이 제 마음대로 할 수는 없으니……."

또 이렇게 대답해야 한다.

귀찮은 일이지만 이렇게 하지 않으면 경리부장 → 경리과장 → 경리과 사원 이런 식으로 이어진 연결고리를 끊어놓는 결과를 초래하고 만다. 이는 더 나아가 직장 내에서의 인간관계 고리를 엉망으로 만들 위험이 있다. 그러므로 평상시에 나는 누구에게 지시할 권한이 있는가, 나는 누구의 지시를 받고 움직여야 하는가를 자각해두어야 한다.

이런 자각심을 갖기 위해서 직속상사에게 업무 경과나 결과 보고를 성실하게 하는 습관을 갖자. 나는 누구에 대해 책임이 있는가, 나는 누가에게 권한이 있는가를 확실히 파악해두자. 내가 보고해야 할 상사는 누구이고 내가 책임져야 할 부하는 누구인지를 자각하는 일은 인간관계의 불화를 예방하는 한 가지 방법이기도 하다.

머리를 숙이는 것이 아니라 역할에 경의를 표한다고 생각하자

명령일원화의 원칙은 권위주의적이고 관료주의적이며 비민주적이라고 생각하는 사람도 있다. 그러나 이는 잘못된 생각이다.

조직은 역할의 연결고리다. 역할은 권한이 큰 것에서 작은 것으로, 책임이 큰 것에서 작은 것으로, 반드시 서열이 있다. 권한과 책임의 양이 조직원에게 모두 동일하게 부여될 수는 없다. 그렇기에 반드시 위에서 아래로 이어지는 인간관계가 주축을 이룬다.

개중에는 종적 인간관계에 익숙하지 않아 다른 사람에게 머리를 숙이는데 상당한 거부감을 가지는 사람도 있다. 그러나 종적 관계가 누가 누구에게 머리를 숙이고 올리고 하는 관계는 아니다. 역할에 경의를 표하는 관계다.

상사의 인간성이 좋아서 머리를 숙이는 것이 아니라 상사의 역할에 따르겠다는 의미로 머리를 숙인다고 생각하면 된다. 역할에서 벗어났을 때는 한 사람의 인간으로서 대하면 된다.

원리는 소꿉장난과 비슷하다. 놀 때는 '아빠' '엄마' 역할을 나누어 놀지만 소꿉장난이 끝나면 한 사람의 개인으로 돌아와 서로의 이름을 부르는 것처럼.

단, 퇴직하여 부장이라는 역할이 없어졌는데도 옛날의 부하들이 '부장님' 하고 부르며 살갑게 군다면 그들이 당시의 역할 관계를 그리워한다는 증거다. 필시 그 역할이 본인에게 꼭 맞는 역할이었으리라. 호흡이 잘 맞는 말과 기수처럼 그 역할을 잘 수행해냈다고 자부심을 가져도 좋다. 회사를 그만두었는데도 옛 부하들의 마음속에서 언제까지 부장으로 존재한다면 그보다 더한 행복은 없으리라.

옛 부하의 마음속에 아직도 종적 관계로 남아있다는 것은 부하의 마음 속 버팀목이 되어 주고 있다는 증거이기도 하다. 그렇게 느끼는 부하 또한 행복한 사람이다. 거기에는 예순 살을 넘긴 자식들이 '아버지' 하고 불러줄 때 아흔 살의 부모가 느끼는 행복이 있다. '아버지' 라고 부를 수 있는 자식들 또한 행복하지 않겠는가.

종적 관계를 늘 의식하며 행동하자!
쓸데없는 고집을 부리면 필요 없는 불화까지 만들고 만다.

8
늘 싱글벙글 웃고 있다고
밝은 성격의 소유자는 아니다

겉만 보고 사람을 판단해서는 안 된다. 오랫동안 카운슬러로 종사하면서 사람들의 내면을 관찰해오면서 내린 결론이다. 믿음직스러운 사람으로 신뢰를 한 몸에 받고 있지만 정작 당사자는 늘 불안을 안고 사는 경우가 종종 있다. 반대로 늘 붙임성 있고 사교적이라고 생각했던 사람이 의외의 순간에 까다롭게 구는 바람에 좀처럼 일이 풀리지 않아 상대방을 답답하게 만드는 경우도 있다.

성격이라는 갑옷이 찢어질 때

그러므로 인간관계를 맺을 때는 겉으로 보이는 모습이 그 사람의 전부가 아니라는 사실을 명심해야 한다.

정원에 깔린 돌과 마찬가지다. 땅 위에 보이는 부분보다 땅속에 묻혀 있는 부분이 훨씬 크다. 늘 싱글벙글 웃고 있다고 해서 밝은 성격의 소유자라고 단정 짓거나 말이 없다고 해서 어딘가 위축되어 있는 사람이라고 섣불리 판단해서는 안 된다. 아무리 외향적인 사람이라도 약간의 내향성은 존재하기 마련이며 아무리 이지적인 사람이라도 가끔 눈물을 떨굴 때가 있다.

정신분석의 창시자 프로이트가 남성에게도 히스테리 환자가 있다고 발표했을 때 이를 맹렬히 부정한 정신과 의사가 있었다. 그는 죽음을 앞두고 프로이트를 불러 "자네가 말한 대로 남성에게도 히스테리 환자가 있네. 내가 바로 그 중 한 사람이지. 앞으로도 자네의 학설에 반대하는 사람이 나오겠지만 반대론자 중에는 찬성론자도 있음을 알아두게." 하고 고백했다고 한다.

왜 이런 일이 벌어질까? 정신분석의 라이히가 말한 대로 인간의 언동(성격)은 자신의 몸을 지키기 위한 갑옷인 경우가 많기 때문이다.

가령, 다른 사람의 공격을 방어하기 위한 수단으로 늘 싱글 벙글 웃는 사람이 있다. 그러나 싱글벙글 웃는 얼굴만으로 외부 세계의 공격을 다 막아낼 수 없을 때 인내 주머니가 터진 것처럼 갑자기 돌변하는 사람이 있다. 다른 갑옷으로 갈아입은 것이다.

상대방의 갑옷과 어떻게 맞설 것인가

상대방이 아무리 싱글벙글이라도 무작정 분위기에 휩쓸려서는 안 된다. 상대방은 지금 억지로 참고 있는지도 모른다. 반대로 상대방이 강하게 나온다고 해서 같이 강하게 나갔다가 낭패를 볼 때도 있다. 이쪽이 강하게 반격하면 갑옷을 갈아입고 저자세로 나올 공산이 크기 때문이다.

겉만 보고 얕보다가 믿는 도끼에 발등을 찍히고 만다. 순종적인 줄만 알았던 배우자가 어느 날 갑자기 집을 나가거나 믿었던 부하가 반격하는 것도 바로 이 때문이다.

그렇다면 상대방을 늘 의심하면서 살아야 한단 말인가?

그렇지 않다. 체력에 한계가 있듯이 인간의 방어책(성격)에도 한계가 있다. 부처님 얼굴을 하는데도 한계가 있다는 말이다.

아주 드물게 언제 어디서나 부처님 얼굴을 하고 있는 사람이 있을지 모르겠으나 나는 아직 그런 사람을 만나본 적이 없다.

누구에게나 자기 보호 본능이 있다. 이 본능이 있는 한 방어 심리가 발동하지 않는 사람은 없다. 우리는 모두 평범한 인간이라는 전제 조건 하에서 인간관계를 맺어야 뒤탈이 없다.

상대방이 언제 어떻게 바뀔지를 늘 살피면서 인간관계를 맺기란 귀찮고 어려운 일이다. 그러나 이것이 현실원칙이다. 이런 현실원칙을 감수하겠다는 각오를 한 뒤 조금이나마 즐거운 삶, 자유로운 삶을 누리는 방법을 연구하자.

때로는 잘못 짚거나 오해해서 원성을 사는 일도 있으리라. 그러면 모든 게 귀찮고 짜증이 난다. 그럴 때는 일시적으로 냉각기간을 갖는 것도 나쁘지 않다. 시간이 약이다. 때로는 시간도 아무 쓸모가 없어서 관계 자체를 단념해야 할 경우가 생기기도 한다. 별로 유쾌한 일은 아니지만 그렇다고 세상이 끝나는 것은 아니다.

앞으로 같은 실패를 반복하지 않도록 작전을 다시 짜면 된다.

평소에 곰살맞고 붙임성이 있는 사람이라도 그 속은 아무도 모른다.

당신을 포함해서 누구나 마음속에 갑옷을 입고 있는 '보통 사람'

임을 자각하자.

9
인간에게는
'행동의 허용범위'가 있다

세상을 살아간다는 것은 어떤 형태의 역할을 끊임없이 수행하고 있다는 말과 일맥상통한다. 직업은 없더라도 자식 또는 부모로서의 역할이 있다. 부모가 없어서 자식으로서의 역할이 없다 혹은 아직 미혼이라 부모의 역할이 없다고 말하는 사람이라도 사회인으로서의 지위나 지역사회의 임원 등 형태는 다를지언정 각자 나름대로의 역할이 있기 마련이다.

역할을 갖는다는 말은 일정한 권한(권리)과 책임(의무)을 가지고 있다는 말과도 통한다.

그러므로 내 행동의 허용 범위(권한)는 어느 정도인지, 내가 책임져야 할 범위는 어느 정도인지를 분명히 자각해야 한다. 이를 소홀히 하면 월권행위를 한다든지 쓸데없는 자아비판에 빠질 위험이 있다.

월권행위는 상대방이 설 자리를 배앗는 행위

수업참관을 하고 있는 부모가 자기 자식이 푸는 계산문제를 도와주고 싶다면 교사의 양해를 구하는 것이 먼저다.

특정 학생을 도와주어도 되는지 아닌지 판단은 담당 교사의 권한이기 때문이다. 부모의 노파심은 이해하겠지만 이는 학생 본인에게도 교사에게도 결코 환영할 만한 일이 아니다.

아들 부부 집에 함께 사는 노인은 아들 며느리의 허락 없이 맘대로 다른 사람을 초대해서 재우거나 하지 않는다. 자기들에게는 그렇게 할 수 있는 자유(권한)가 없다는 사실을 알고 있기 때문이다. 친한 사이일수록 예의를 지키라는 말이 있다.

직장 내에서도 권한 이상의 일을 하거나 당하기 때문에 관계가 서먹해지는 일이 종종 있다.

청년기 유학 시절에 아르바이트로 청소를 한 적이 있다. 상사가 복도를 청소하라고 해서 복도 청소를 끝낸 뒤 내친김에 계단청소까지 했다. 그런데 상사는 "자발적으로 계단을 청소한 것 같은데 어디를 청소할지 결정하는 권한이 자네에게는 없네. 복도 청소를 끝냈다면 먼저 그 사실을 나에게 보고하는 게 순서야. 그 다음 어디를 청소할지는 내가 결정할 일이야."

하며 불만이 가득 찬 얼굴로 말했다. 결코 나의 자발성을 칭찬해주지 않았다.

인생의 지혜가 풍부한 사람은 젊은 사람들이 하는 일에 일일이 참견하지 않는다. 알고도 모른 체한다. 행여 월권행위는 아닐까 스스로 경계하는 것이다.

월권행위는 다른 사람의 일을 빼앗는 행위. 일을 빼앗는 것은 상대방이 설 자리를 빼앗는 것과 같다.

그러므로 자신의 역할 범위 뿐 아니라 상대방의 역할 범위도 분명히 자각하여 그 범위를 넘지 않도록 행동에 주의를 기울여야 한다.

월권행위와 비슷한 VIP 자처하기

월권행위와 비슷한 것이 책임감 과잉이다. 자기가 사장도 아니면서 회사의 존망이 걱정되어 밤잠을 설치는 사람이 이에 해당한다.

내가 없으면 이 회사는 안 된다는 망상에 사로잡혀 독선으로 치닫는 경우가 없지 않아 있다.

누가 등 떠민 것도 아닌데 억지로 책임을 떠맡으려고 나서는 사람들이다. 이는 책임감이 강한 사람이라기보다 호인이라고 말하는 편이 적절하다. 책임을 떠맡고 싶은 인간이 마치 다른 사람에게 책임이 있는 것처럼 교묘히 상황을 반전시키려고 할 때 여기에 교묘히 말리는 경우도 있다.

예를 들면 이런 상황이다. 자기가 공부 못하는 것을 "선생님들의 가르치는 방법이 잘못 되어서 제가 공부를 못하는 거예요." 하고 트집을 잡는 아이 말에 '맞아, 내가 잘못 가르쳐서 그래.' 하고 일말의 책임을 느끼는 교사가 여기에 해당한다. 그게 정말 나의 책임인지, 진지하게 자문자답해볼 필요가 있다.

호의를 갖고 한 행동이지만 오히려 상대방에게
폐가 되는 경우가 있다.
자신의 권한과 책임이 어디까지인지 정확히 인식하자.

10
좋은 사람으로 보여야 한다는
생각에 지나치게 얽매이지 말자

이 책은 원만하고 바람직한 인간관계를 맺는데 필요한 지침서다. 그러나 세상에는 인간관계의 좋고 나쁨보다 중요한 게 있다.

내가 가고 싶은 길을 가고 있는가, 하고 싶은 일을 하고 있는가, 웃고 싶을 때 웃고 있는가, 울고 싶을 때 울고 있는가 하는 문제이다.

다른 사람에게 잘 보이기 위해 남에게 맞추는 인생을 살고 있다면 인생이 너무 아깝지 않은가. 다른 사람들 눈에 다소 특이하게 보이더라도, 고집 있어 보이더라도 나 자신을 표현하면서 사는 것도 중요하다. 물론 그 결과가 다른 사람에게 좋은 인상을 준다면 더할 나위 없겠지만.

나도 모르는 사이에 실애공포증에
걸려있지는 않은가

다른 사람에게 사랑받지 못할까 두려워하는 마음을 실애공포라고 한다.

지나치게 붙임성이 좋은 사람, 단호하게 '노'라고 말하지 못하는 사람, 너무 솔직한 사람, 팔방미인, 착한 체 하는 사람, 늘 미안하다는 말을 달고 사는 사람 등이 대개 여기에 속한다.

상대방이 나에게 호의를 느낀다고 생각되면 어떻게 해서든지 그 호의를 이어가기 위해 나를 죽이면서까지 상대방에게 맞춘다.

그 결과 진짜 내가 누구인지 헷갈리기 시작한다. 좋은 며느리, 좋은 부하, 좋은 사위라고 다른 사람들에게 칭찬 속에서 말 잘 듣는 노예 같은 인생을 살아왔구나 깨닫는 순간, 지금의 평온한 생활이 격랑에 휩싸일 위험이 있다. 그러니 다른 사람에게 호의를 받는다고 해서 다 좋은 것만은 아니다. .

나쁜 점이 또 하나 있다. 주변 사람들과의 교섭이 힘들어진다. 질투 어린 시선으로 바라보고 있는 사람들이 많기 때문이다. 질투하는 쪽도 당하는 쪽도 행복하지 않다.

이 뿐만이 아니다. 다른 사람의 마음에 들기 위해서 온 신경을 집중하다 보니 순간순간을 즐길 여유 없이 지나치게 자신의 언동에만 신경 쓰게 된다. 이 얼마나 피곤한 일인가. 역시 인생은 즐기는데 의의가 있다.

다른 사람에게 상처 주지 않기 위해, 화나게 하지 않기 위해, 불쾌감을 주지 않기 위해 아무리 신경을 쓴다한들 언제까지 만족시켜줄 수는 없는 노릇이다.

우리는 서로의 마음속에 어떤 비밀이 숨어 있는지 모르기 때문이다.

친절함이 지나쳐 오히려 상대방을 곤란하게 만들 때도 있다. 꾀병이라고 거짓말을 치고 가끔 회사를 땡땡이치는 청년이 있다. 속도 모르는 상사는 의사에게 가보라고 귀에 딱지가 앉을 정도로 말한다. 청년에게는 상사의 친절함이 공포로 다가올 것임에 틀림없다. 이런 예는 수도 없이 많다.

길을 걸을 때 아무리 주의를 기울여도 벌레들을 밟을 수밖에 없는 것처럼 아무리 신중히 행동해도 상대방의 기분을 상하게 할 때가 있다. 그저 불쾌감을 주지 말아야지 하는 정도로 가볍게 생각하는 것이 좋다. 절대로 다른 사람을 화나게 해서는 안 된다는 일념이 지나치면 손발이 꽁꽁 묶인 수동적인 인생이 되고 만다.

인간관계 자체가 삶의 목적은 아니다

다른 사람에게 호의를 사기 위해 심적 에너지를 다 소비하는 일은 죽을힘을 다해 100만 엔을 모은 청년이 그 돈으로 100만 엔을 넣어둘 저금통을 사는 형상이다. 이래서야 저금통에 넣어 둘 돈이 하나도 남지 않는다. 즉 비생산적인 일에 노력을 쏟아 붓는 꼴이다.

마찬가지로 좋은 인간관계를 구축하는 데만 에너지를 소비하는 사람에게는 건설적인 일을 할 여력이 남아있지 않다. 빈 저금통만이 재산으로 남아있다.

좋은 인간관계만이 재산이 되어서는 안 된다. 목표가 있고 그 목표를 달성했을 때 우리는 인생의 보람을 느낀다.

인간관계를 맺는 데만 재주가 있는 사람에게 냉정히 말해주고 싶다. 아무도 그것을 알아주지 않는다고. 다소 따가운 시선을 받는 경우가 있을지언정 일에서 성과를 거두는 사람에게 주위 사람들이 몰려든다. 병을 잘 고치는 능력이 있는 의사에게는, 다소 성격이 비뚤어진 사람일지라도, 환자들이 몰려드는 법이다.

다른 사람에게 잘 보이기 위해서만 에너지를 소모하는 것은

그야말로 본말전도(本末全島).

내가 가고 싶은 길을 가는 것이 인생이다.

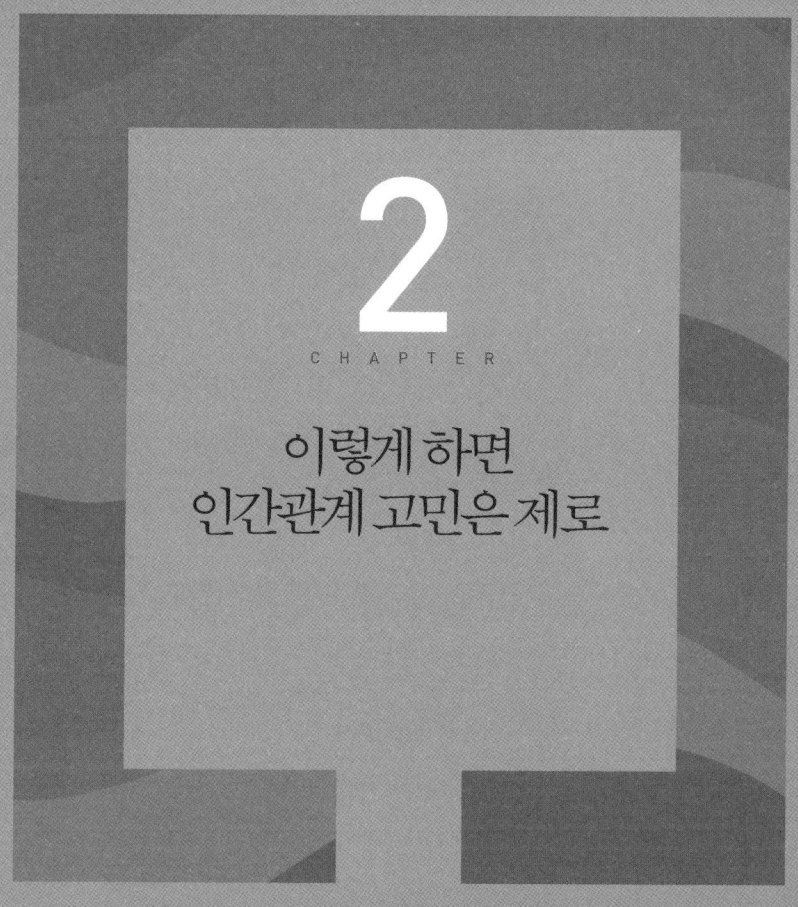

CHAPTER

2

이렇게 하면
인간관계 고민은 제로

다 시 생 각 하 고 , 다 시 설 계 하 고 다 시 짓 자

11
싫은 사람을 좋아하기 위해
억지로 노력하지 말자

누구에게나 좋아하는 일, 즐거운 일을 하고 싶은 마음이 있다. 쾌락을 추구하는 마음은 인간의 본능이다. 또한 별로 하고 싶지는 않지만 이 세상을 원만히 살아가기 위해 하지 않으면 안 되는 일도 있다. 예를 들어 담배를 피우고 싶어도(쾌락원칙) 금연 열차 안에서는 참아야 한다. 금연이라는 현실원칙에 따라야 하는 것이다.

금연 정도의 일시적인 인내라면 어느 정도 버티겠지만 상사의 괴롭힘이 지속된다든가 목표달성을 위해 목욕과 수면 시간까지 제한을 받는다면? 이럴 때는 정말이지 살맛이 뚝 떨어지고 만다.

싫을 때 억지로 참지 말자

그렇다고 싫은 일, 꼴 보기도 싫은 상사에게 좋은 감정을 갖기 위해 억지로 자기 암시를 걸어 노력할 필요는 없다. 싫지만 '이것이 내가 선택한 길이요, 이것이 나의 수입원인데 누구 탓을 하리' 하며 체념할 부분은 체념하는 것이 좋다.

인생은 내가 원하는 대로만은 움직여주지 않는다. '……였으면 좋았을 걸' 하고 한탄한들 인생이 우리에게 맞춰줄 리 없다. 현실을 있는 그대로 받아들이자.

'하고 싶지는 않지만 해야 하는 일이니까 한다' 라고 명쾌하게 결론을 내리고 미련 없이 현실과 부딪히자.

정토종의 창시자 호넨이 설파한 "죽음이 다가오면 맞이할 수 밖에 다른 수가 없다" 는 바로 그 정신이다. 좀더 살고 싶다고 발버둥 쳐봐야 우리 힘으로는 어쩔 수 없다. 겸허히 죽음을 맞이하는 수밖에 다른 도리가 없다. 싫고 짜증나는 일이 있을 때 싫고 짜증나는 기분과 맞서는 수밖에 다른 도리가 없는 것이다. 버둥거리며 몸부림친들 사태가 바뀔 리 만무하다.

슬플 때는 울면서 슬픔을 견디자. 기분이 가라앉을 때는 그림자를 드리운 채 나아지길 기다리자. 그렇게 마음먹으면 기분이 조금은 나아진다.

'탈진증후군'에 걸리지 않기 위해

그런데 '이것도 해야 하고 저것도 해야 하는데……' 하면서 24시간 자기 자신을 들들 볶으며 사는 사람이 있다. '탈진증후군' 환자의 전형적인 초기 증상이다. 심신의 에너지를 모두 다 소진해버리면 무기력한 상태에 빠지고 만다.

반드시 해야 하는 일부터 가능하면 해두고 싶은 일까지 일에도 순서와 경중이 있다. 한 번에 이것저것 한꺼번에 손을 대는 것은 현명한 처사가 아니다. 이것도 저것도 자기가 하지 않으면 안 된다고 고집을 부리는 데는 두 가지 이유가 있다. 하나는 상황을 객관적으로 판단하는 현실감각의 부족이다. 실제로는 필요하지 않은데 이론상 필요하다고 멋대로 생각하는 것이다. 두 번째는 자만심이 하늘을 찌르는 경우. 내가 못하는데 감히 누가 하리요 하는 일종의 나르시시즘(자기중심성)에 빠져 있는 사람.

그러나 잘 생각해보기 바란다. 대통령이 어느 날 갑자기 사망해도 임무를 대행할 부대통령이 있다. 그렇다고 나라가 어떻게 되지 않는다. 숨 돌릴 틈 없이 바쁘게 사는 사람이라면 가끔 '내가 죽어도 이 세상은 지금처럼 잘 돌아가는 세상'을 머릿속에 그려보는 것도 좋다.

한편으로는 아무 책임도 주어지지 않는 상황을 힘겨워하며 '제가 해야 할 일이 어디 없을까요?' 하고 기웃거리는 사람도 있다. 책임이 있다는 말은 삶의 거점이 있다는 말로도 해석이 가능하다. 삶의 거점이 있다는 것은 행복하고 보람된 일이다.

책임 있는 일을 맡고 싶다면 그저 겸허하게 기다리고 있어서만은 안 된다. 평소에 열심히 자기 자신을 PR해야 한다. 주어지길 기다리는 것이 아니라 적극적으로 찾아서 쟁취해야 한다. 자신의 능력과 흥미를 널리 알려 일(책임)을 얻어야 한다.

책임 있는 일을 스스로 쟁취하는 능력이 있음을 인정하기 때문에 '저 사람에게는 이런 권한을 주어도 문제없겠어.' 하는 믿음이 생기는 것이다. "이런 권한을 주세요."가 아니라 "그 일(책임)을 제가 할 수 있도록 기회를 주십시오." 하는 사람이 의욕 넘치는 인생을 살아갈 확률이 높다고 감히 말하고 싶다.

하기 싫은 일을 해야 할 때는 '하지 않으면 안 되니까 한다.' 고 깨끗하게 받아들이는 것도 약이다. 일의 양은 자기 능력을 넘어서도, 너무 적어서도 안 된다. ‖

12
신경 쓰이는 일이 있다면
솔직하게 말하자

청강생 자격으로 내 수업에 들어오는 어떤 청년에게서 전화가 왔다.

"혹시 제가 교수님 마음 상하게 해드린 일이 있나요?" 하고 묻는다. 나는 영문을 몰라 왜 그런 질문을 하는지 되물었다.

"작년에는 교수님께서 연하장에 답장을 주셨는데 올해는 오지 않아서 혹시 제가 무슨 실수를 한 건 아닌지 걱정이 돼서요⋯⋯."

연하장이 너무나 많이 와서 일일이 답장을 보내지 못하고 해를 넘기고 있을 무렵이었다. 그 청년의 솔직한 질문 덕택에 그동안 나에게 찜찜한 감정을 가지고 있는 사람들이 적지 않다는 사실을 알게 되었다. 덕분에 오랜만에 나를 돌아보고 반성하는 시간을 가질 수 있었다.

신경 쓰이는 일은 마음에 담아두지 않겠다는 원칙을 세우자

잘 관찰해보면 주위의 평판이 좋은 사람들은 물어보기 애매하거나 말하기 껄끄러운 사안들을 자연스럽게 상대방에게 전달하는 능력이 탁월하다. '양심의 가책을 느낄만한 일을 한 것도 아닌데 뭐' 하면서 스스로 마음을 쥐락펴락 하지 말자. 악의가 없었다면 악의가 없었다고 상대방에게 말하는 편이 정신 건강에 좋다. 그 뿐 아니다. 행여 있을지 모를 불상사를 막을 수 있다.

내가 아는 한 샐러리맨은 술자리에서 분위기에 휩쓸려 선배의 험담을 했다면 다음날 바로 전화를 걸어 선수를 친다고 한다. 만에 하나 잘못해서 소문이 번지기라도 하면 사태가 걷잡을 수 없이 커지기 때문이다.

일이 다 벌어진 다음에서야 마음에 거스릴 때가 있는데 이는 크게 두 가지가 있다. 설명이나 표현이 충분치 못한 경우와 지나친 경우. 회의 도중에 잠자코 자리를 뜨면 상대방은 오해한다. 그러나 사전에 사회자에게 상황을 설명하고 양해를 구해 두면 오해를 살 일이 없어진다. 후자의 경우, "그러니까 자네는 안 되는 거야." 하는 식으로 평가를 하는 경우다. 사실을 말하는데 (예: 자네는 일주일에 세 번 5분씩 지각을 한다) 그치면 될 일을 평가(공격)하기 때문에 서로가 얼굴을 붉히는 사태로 치닫는다.

입으로 말해서 좋을 때와 좋지 않을 때

마음이 찜찜하지만 말하지 않는 이유는 뭘까? 사태가 더 커질까봐 두렵기 때문이다.

물론 이 세상에는 덮어두어 좋은 일도 있다.

그러나 반대로 용기를 내어 분명히 짚고 넘어가야 할 때도 있다. 학생을 혼내고 난 뒤 영 마음이 찜찜해서 그 날 안에 학부모에게 전화를 하거나 가정방문을 해서 마음의 짐을 더는 교사가 있다. 뒤탈을 없애는 것이다.

'그건 사랑의 매였다고.'

하면서 스스로 위안하는 동안 학생과 부모들의 원망이 증폭되어 대처하기가 힘들어질 수도 있다.

신경은 쓰이지만 그냥 넘어가도 좋은 경우와 용기를 내어 상대방에게 진의를 밝히는 게 좋은 경우를 어떻게 판단할까? 물론 사람마다 다르겠지만 상대방의 현실능력을 고려하여 결정하는 것도 좋은 방법이다. 가령, 양자라는 사실을 어린 아이에게 알려준 경우 어른이 생각하는 것처럼 어린 아이는 쇼크를 받지 않는다. 오히려 양자라는 사실보다 '속았다!'는 기분이 훨씬 클 것이다.

반면 "실은 사랑하는 사람이 있어."라는 남편의 고백을 담담하게 받아들일 수 있는 아내는 거의 없다. 그러므로 솔직히 말하는 게 다 좋은 것은 아니다. 어려운 말로 표현하면 상대방의 자아(에고)를 고려하는 것이 좋다. 감내할 능력이 얼마만큼 있는지 어느 정도 유연성이 있는지를 고려하라는 말이다.

신경 쓰이는 일이 있다면 타이밍을 보면서 상대방에게 말하자. 단, 상대방이 받아들일 수 있는 상태인지 아닌지를 잘 체크할 것!

13
주위 사람들에게 맞출지,
내 의견을 주장할지 기준을 갖자

　사원 여행은 업무가 아니니까 난 안가겠다고 고개를 젓는 사람은 인간관계에 서툰 사람이다.

　가고 싶지 않아도 가야 할 때가 있는 법. 나 홀로 독불장군은 얌체 취급을 받기 딱 좋다. 의리를 중시하는 사회인만큼 인간관계에도 유연성이 필요하다.

　의리 관계의 효용성

　의리 관계는 혼네(속내)와 다테마에(겉치레)가 함께 공존하는 관계다. 가령, 속으로는 완고한 노부모와 함께 살고 싶지만 장남이라 어쩔 수 없이…… 하면서 무리를 하는 경우. 속내를 감추고 겉으로 타협하는 것이다.

직장에서도 마찬가지다.

상대방의 불쾌한 행동에 속내를 그대로 드러내기보다 적당히 넘어가는 편이 심리적 에너지 소모가 적다. 거짓말을 해서는 안 된다고 초등학교 때부터 귀에 딱지가 앉을 만큼 듣고 배우지만 하얀 거짓말을 해야 할 때도 있다. 너무 솔직하게 행동한 나머지 일을 처리하는데 막대한 에너지를 소모해야 하는 경우도 종종 생기니 말이다. 서로의 평화를 위해 알고도 모른 척, 듣고도 못 들은 척 하는 능력이 필요할 때도 있는 법.

말해도 좋은 일과 하지 말아야 하는 일을 식별하는 능력을 현실능력이라고 한다. 정도가 지나치면 '깍쟁이', '약삭빠른 사람', '겉과 속이 다른 능구렁이' 등으로 취급 받을 우려도 있지만 어느 정도 얌체 근성, 이해타산은 용납되는 게 사회다. 그렇지 않으면 매일 매일이 바늘방석일 것이다. 물불을 가리지 못하고 돌진하는 타입이라면 이런 점에 주의하자.

긴 안목으로 이해타산을 따지자

그렇다고 이해타산에만 목숨을 걸어서도 안 된다. 눈에 보이는 것이 전부는 아니다. 이해타산을 넘어 행동해야 할 때도 있음을 가슴에 새기자.

손해와 이득을 따져야 하는 일인지 손해를 감수하면서도 해야 할 일인지를 잘 판단하는 능력이 요구되는 상황이 빈번히 발생한다.

이는 우리의 인생철학과도 이어지는 문제다.

이해타산에만 철저한 철학자는 무사안일주의가 된다. 그러나 A.S 닐(영국의 자유주의 교육가)처럼 우리에게는 필요할 때 반역할 자유도 있다고 주장하는 철학자도 있다. 실존주의를 지향하는 사람들이 대개 이렇다.

그렇다면 반격이 필요할 때는 어떤 때일까?

한신(중국 한(漢)나라 초의 유명한 전략가이자 장군)처럼 불한당의 가랑이 사이로 기어갈 때와 기개 있게 맞서야 할 때를 어떻게 식별할까?

평소에 자신의 인생에서 절대로 양보할래야 양보할 수 없는 것, 물러날래야 물러날 수 없는 것은 무엇인지를 곰곰이 생각해보고 그 기준을 정해놓자. 예를 들어 상대가 아무리 나를 사랑해준다 해도 내가 사랑하지 않는 한 정에 이끌려 하는 결혼은 절대 하지 않겠다든가, 생활이 아무리 고달파도 대학원만은 반드시 마치겠다 등의 마음의 결심을 말한다.

순간의 기분이나 상황에 인생의 중요한 결정을 맡기지 않겠다는 마음가짐이 중요하다. 나 자신에게 무엇이 가장 중요한 일인지 정해놓지 않은 사람은 경력 관리도 소홀하다.

눈앞의 이해득실에만 연연해서는 안 된다. 당장은 손해 보는 것처럼 보이지만 긴 안목으로 봤을 때 지금의 손해가 득이 되리라는 것을 꿰뚫는 냉철함이 필요하다. "지는 게 이기는 것이다"라는 말은 이것을 의미한다.

부모의 뜻을 거슬러 재산을 물려받지 못했다고 하자. 당장은 서운한 마음이 들지 몰라도 긴 안목으로 보면 자신의 힘으로 꿈을 실현했을 때 인생의 보람이 훨씬 크다.

긴 안목으로 인생을 내다보자.

속내를 드러내는 것이 언제나 좋은 것만은 아니다.
인생의 큰 틀에서 절대로 양보할 수 없는 것은 무엇인지 잘 생각해보고 그 외의 것들에는 적당히 유연성을 가질 것.

14
신뢰 받고 있는지 아닌지를
알아내는 방법

다른 사람에게 신뢰받고 있는지 아닌지를 알아보기 위한 체크포인트는 세 가지가 있다. 당신에게 비밀사항을 말해 주는가? 어드바이스를 갈구하는가? 적극적으로 피드백을 해 주는가?

자신에 대한 신뢰도를 알아보는
세 가지 체크포인트

누구나 다른 사람에게 알리고 싶지 않은 자신만의 세계가 있는 법이다. 지위나 학력, 가족, 신체적 장애, 성, 수입 등, 가능하면 말하고 싶지 않고 간섭받고 싶지 않은 부분이 있는 것이다. 그런데 단 둘이 되었을 때 그런 것들을 당신에게 털어놓는다면? 당신은 그(그녀)에게 신뢰받고 있다고 생각해도 좋다. 그럴 때는 열심히 귀 기울이고 있다는 자세를 보여주자. 다른 사람의 신뢰를 받는 일은 고마운 일이다.

'이 사람은 딴 사람에 함부로 누설할 사람이 아니다' 라고 기대하는 마음이 그(그녀)에게 있는 것이다.

반대로 동료들은 전부 아는 일을 자기만 모르는 경우가 있다. 씁쓸한 마음이 들겠지만 당신은 동료들에게 별로 신뢰를 받고 있지 못하다. 딸이 연애 중이라는 사실을 다른 가족들은 다 아는데 아버지인 당신만 모르고 있다면? 당신의 신뢰도를 심각하게 생각해볼 문제다.

다른 사람이 당신의 의견을 구할 때는 '이 사람은 나의 존재 대상이 되는 사람이다' 라는 기대를 가지고 있다는 증거다. 여기에 응해주지 못할 사람이라고 생각한다면 당신의 의견을 묻거나 하지 않는다.

자기 부하가 타부서에 가서 의견을 구하거나 자기 반 학생이 다른 선생한테 질문을 하러 간다면 마음이 썩 유쾌하지 못하다. 그러나 그보다는 어떤 이유로 지금 내가 신뢰를 받지 못하는가를 차분히 생각해보는 게 먼저다.

세 번째 체크 포인트는 다른 사람이 적극적으로 어드바이스나 피드백을 해 주는가 아닌가를 보자. "선생님 요즘 살찌셨네요." 하고 이쪽의 상황을 지적하는 것이 피드백이라면 "선생님 술 드신 날 밤에는 밥을 너무 많이 드시지 않는 게 좋아요." 하는 것이 어드바이스다.

이런 말을 하는 것은 이 정도 말로 화낼 사람이 아니라는 기대감이 있기 때문이다. 화낼 게 뻔하다면 아예 처음부터 말도 꺼내지 않는다. 즉, 상대방의 기대와 이쪽의 행동이 일치하게 되는데 이것이 바로 신뢰감이다.

부정적인 평가를 받았을 때

다른 사람에게 신뢰를 받지 못했을 때, 예를 들어 "믿을 수가 없네요." "최선을 다할 필요성을 못 느끼겠어요." "무슨 일을 저지를지 불안해요." 등 부정적인 평가를 받았을 때는 어떻게 하면 좋을까? 방법은 두 가지다.

먼저 신뢰를 받기 위한 노력을 거듭해야 한다. 이 때 염두에 두어야 할 점은 상대방이 무엇을 기대하는지를 잘 파악하기. 그리고 그 기대에 부응하기 위해 앞으로 구체적으로 어떤 일을 해야 할지 계획하기다. 가령 학생의 기대에 미치지 못하는 수업을 하는 선생이라면 앙케이트 조사를 해서 어디를 어떻게 바꾸면 되는지를 학생들에게 물어야 한다. 부하의 외면을 당하는 상사라면 KJ법(현장 데이터나 정보, 의견을 카드에 적어 내용을 집약하고 새로운 가설을 찾아가는 방법. 고안자인 카와가타 지로의 영문 이니셜을 따서 KJ법이라 명명하였다)으로 부하의 의견을 묻는 것이 좋다. 신뢰란 스스로 노력해서 얻는 것이지 가만히 있다고 주어지는 것은 아니다.

'복숭아와 자두나무는 말이 없지만 그 나무 밑엔 저절로 길이 생긴다(덕 있는 자에게는 사람들이 저절로 모여 와서 따르게 마련이다라는 뜻).' 라는 말이 있지만 인간은 복숭아도, 자두나무도 아니다. 행동하지 않으면 아무 것도 저절로 생기지 않는다.

때에 따라서는 불신을 감내해야 하는 경우도 있다. 그럴 때는 스스로를 책망하지 않는 자세가 중요하다. '인간은 실수하는 동물이다' 는 사실을 되새기자. 그리고 '지금은 이렇게 불신을 받고 있지만 언젠가는 신뢰를 회복하리라' 고 자신을 다독이자. '나라고 모든 사람을 다 신뢰하는 건 아니잖아.' 하고 마음을 편하게 먹자. 이것은 억지가 아니라 사실이다.

- 신뢰하는 사람에게는

❶ 비밀을 털어놓는다.

❷ 어드바이스를 구한다.

❸ 자연스럽게 어드바이스나 피드백을 한다.

행여 당신을 신뢰하지 않는 사람이 있더라도 '나도 신뢰하지

않는 사람이 있잖아. 피차일반이야.'하고 마음을 편히 갖자.

15
신뢰받는다고 느끼지 못할 때
어떻게 하면 좋을까?

살면서 좋은 일만 있다면 얼마나 좋겠느냐만 현실은 다르다. 당연히 참석할 줄 알았던 회의에 초대받지 못했다면 당연히 기분이 안 좋다. '내가 입이 가벼운 사람이라고 생각하는 건가?' '내가 있으면 빨리 결정될 사안도 결정이 안 된다고 생각하는 건가?' 마음이 편치 않다. 내가 있을 곳이 없어진 느낌이다. 이럴 때 우리는 신뢰받는다는 느낌을 받지 못한다.

신뢰감은 기대에 부응할 때 생겨난다

신뢰를 받는다는 것은 '엄마 없다, 엄마 없다, 까꿍' 하면서 아기와 까꿍 놀이를 하는 엄마의 마음이다. 엄마의 모습이 잠깐 사라졌지만 금방 엄마가 '까꿍' 하고 나타날 것이라는 것을 아기는 믿고 있다. 어떤 불안도 없다. 엄마는 아기의 그런 기대에 부응해서 행동한다. 자식을 절대 소홀히 하지 않는다는 존재임을 스스로 알고 있다. 즉, 신뢰감이란 '상대방이 자신의 기대에 부응해준다'는 사실을 믿고 이쪽도 '나는 이 사람의 기대에 부응해 행동하고 있다'고 믿는 경우에 생겨난다. 어려운 말로 서로 기대와 행동이 일치하고 있는 상태라고 한다.

그러므로 신뢰감을 얻기 위해서는 상대방이 나에게 무엇을 기대하는지를 먼저 알아야 한다. 아기는 엄마가 '까꿍' 하면서 금방 얼굴을 내밀거라는 것을 알고 있다. 만일 엄마가 그 기대에 부응해주지 않으면 아기는 엄마를 더 이상 신뢰하지 않게 된다.

세상에는 성실히 살면서도 다른 사람에게 신뢰를 받지 못하는 사람들이 많다. 상대방이 무엇을 기대하는지 모르는 채 '이렇게 하면 기뻐해주겠지.' 하고 적당하게 생각하고 행동하기 때문이다.

부부관계에서 6가지 신뢰 영역

사람이 사람에게 요구하는 기대도 가지각색이다. 그러나 세상에는 상식이라는 것이 있다. 가령 부부가 서로 신뢰하는 경우 다음과 같은 생활영역에서 기대와 행동이 일치한다.

(1)가사 (예…세탁기 정도는 남편이 돌려주겠지 하는 아내의 기대에 부응해 남편이 세탁기를 돌리는 경우)

(2)육아 (예…보육원에 아이를 맡기고 데리고 오는 것은 아내가 해야 할 일이라고 기대하는 남편의 생각에 맞추어 아내가 그 일을 하는 경우)

(3)결정권 (예…2만 엔 이상 지출은 배우자에게 의논해야 한다고 서로 기대하고 실행하는 경우)

(4)사교 (예…마작은 일주일에 1번 이상을 해서는 안 된다고 생각하는 아내의 생각대로 남편이 지키는 경우)

(5)우애관계 (예…남편의 저녁 반주에 아내가 함께 해줬으면 하는 바람에 아내가 응해주는 경우)

(6)성생활 (예…성생활은 배우자와만 해야 한다고 믿고 서로 그것을 지키는 경우)

만약 이 중 한 영역에서라도 서로의 기대와 행동이 일치하지 않으면 '신뢰관계가 무너졌다'는 말로 표현한다. 신뢰관계가 무너졌다는 말은 서로가 따로 따로 놀기 때문에 공존할 의미가 없어졌다는 것을 의미한다.

본서는 결혼이 주제가 아니라 일반적인 인간관계를 테마로 하고 있기에 보편적인 인간관계로 영역을 넓혀 서로가 서로에게 어떤 기대를 하는지를 생각해보아야 한다.

지금까지 나의 견문을 토대로 한다면 다음에서 말하는 네 가지가 일반적인 인간관계에서 기대하는 요소라고 할 수 있다. 응석부리고자 하는 욕구, 인정받고자 하는 욕구, 안정을 느끼고자 하는 욕구, 마지막으로 자기실현을 하고자 하는 욕구. 신뢰받는 사람은 타인의 이런 욕구를 충족시켜주는 사람이다.

신뢰받는다고 느껴지지 않는다면 상대방이 나에게 무엇을 기대하고 있는지 잘 생각해보자.

16
상대방의 시간을 소중히 여기자

　모두가 바쁜 세상이다. 회의에 늦거나, 서류 제출 기한을 넘겨 우는 소리를 한다든지, 1분이면 끝날 보고를 질질 끈다든지 하는 것은 다른 사람의 시간을 빼앗는 일이다. 뿐만 아니다. 성의가 없다, 자질 부족이다, 요령이 없다 등등, 부정적인 평가를 받는 원인이 된다. 다른 사람이 기대(신뢰)하지 않게 되는 결과를 초래하고 마는 것이다.

　그렇다면 어떻게 시간을 구분하고 관리할 것인가? 인생은 시간을 구분하고 관리해나가는 과정이라고 해도 과언이 아님을 먼저 알아야 한다. 이것은 교류분석이라는 카운슬링 이론의 한 테마이기도 하다.

시간을 나누는 여섯 가지 테두리

시간을 나누는 테두리는 보통 여섯 가지로 나눈다. 이 여섯 가지 테두리를 의식하면서 생활하면 시간을 철저히 관리, 구분하면서 살 수 있다.

중요한 회의 중에 엉뚱하게 딴 길로 새는 사람은 '일'과 '잡담'을 제대로 식별하지 못하는 사람이다. 한창 회식 자리가 무르익을 때 혼자 구석에 앉아 술잔을 들이키는 사람은 '은둔'과 '사교'를 구별하지 못하는 사람이다.

앞에서 말한 여섯 가지 테두리는 다음과 같다.

(1) 은둔 (혼자만의 세계를 즐긴다)

(2) 스테레오 타입 (다른 사람이 하는 대로 한다. 심리적 에너지 낭비를 하지 않는다. 인간관계가 부드럽게 흐른다)

(3) 일과 활동 (세상과 연결되어 있는 느낌이 있으며 그 존재감을 즐긴다)

(4) 오락과 잡담, 레크리에이션 (책임감이 동반되지 않는 여유로운 시간과 해방감을 느낀다)

(5) 속내와 겉치레가 있는 인간관계 (겉발림 말과 핑계로 다른 사람의 공격을 예방한다)

(6) 친교 (마음과 마음이 통하는 관계를 구축함으로써 좀 더 깊이 있는 인생의 기쁨을 느낀다)

지금부터 나는 무엇을 하려고 하는가 하는 자각이 있으면 시간관념에 틀이 생긴다.

시간관념이 희박해지는 네 가지 원인

앞에서 말한 이치나 이론은 알지만 좀처럼 기한이나 약속시간을 지키지 않는 사람이 있다. 주요 원인으로는 다음의 네 가지를 들 수 있다.

첫째, 시간의 자린고비다.

시간을 낭비하고 싶지 않기 때문에 늘 아슬아슬 시간에 맞추려는 심리다. 5분 빨리 도착해 잡담을 나누는 시간을 아까워한다. 돈에 인색한 사람이 있듯이 시간이나 애정에 인색한 사람이 있다.

둘째, 지나치게 완벽주의를 추구하기 때문이다.

할 말이 너무 많아서 종례 종이 울려도 아랑곳하지 않고 말을 이어간다. 원고 마감일에 늦기도 일쑤다. '이 정도면 됐어' 하고 마음을 접는 결단력이 필요하다. 스스로 최선을 다했으면 그것으로 충분하다. 당신은 신이 아니다. 이 세상에 완벽이란 없음을 깨닫자.

셋째, 계획성이 없기 때문이다.

가령 오후 2시에 회의가 있다면 "오늘 보고할 일이 있거나 결재할 일이 있으면 1시까지는 다 가지고 오도록." 하고 부하들에게 예고를 해야 한다. 막 회의실로 나가려는데 "부장님, 급히 결재해주셔야 할 일이 있습니다만……." 하고 다급하게 달려오는 부하가 있으면 회의에 늦을 게 뻔하다.

넷째, 자신의 능력이나 현실조건을 고려하지 않고 쉽게 약속해버리기 때문이다. 좋게 말하면 호인이고 나쁘게 말하면 무책임한 사람이다. 다른 사람에게 잘 보이려는 마음이 강한 사람에게 자주 보이는 현상이다.

• 시간관념이 희박한 사람은

❶ 시간에 인색한 사람 ❷ 완벽주의자 ❸ 계획성 없는 사람

❹ 깊이 생각하지 않고 약속하는 사람이다.

모두 타인의 신뢰를 얻기가 어려운 사람들이다. ‖

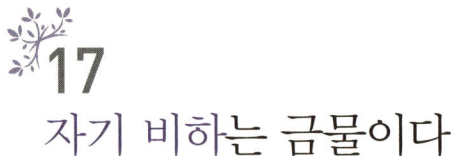

17
자기 비하는 금물이다

자기 비하는 하나도 이득 될 것이 없다. 자기 비하를 일삼는 사람에게는 의지하고자 하는 마음이 일지 않는다. 불안하기 때문이다. 겸손한 것인지 정말로 능력이 없는 것인지 구별이 가지 않는다.

자기 비하의 심리를 들여다보면

자기를 비하하는 심리 속에는 스스로에 대해 '……해야 한다'는 지나친 강박관념이나 '나는……이다'라고 단정하는 심리가 감춰져 있다.

외국에서 온 손님에게 시내 안내를 해주지 않겠느냐고 부탁 받았을 경우 '영어가 유창해야 한다'는 강박관념이 있기 때문에 "안 돼요. 제가 영어를 못하거든요……." 하며 머뭇머뭇한다.

'그래도 콩글리시 정도는 할 수 있잖아. 가이드 하는데 유창할 필요가 뭐 있어.' 하고 가볍게 생각하는 사람은 부탁을 흔쾌히 수락한다. 난 안 된다고 고개를 젓는 사람은 이 세상에 '더 베스트'가 있다고 생각한다. 알겠다고 흔쾌히 고개를 끄덕이는 사람은 '마이 베스트'가 최고라고 생각한다.

실패해도 성의만 보이면 대개의 경우는 눈감아준다. 따끔한 맛을 봤다면 앞으로 어떻게 해야 같은 실수를 반복하지 않을지 반성하고 계획하면 된다.

또 다른 심리는 지나친 단정이다. 한 번 당한 걸 지나치게 크게 생각해 앞으로 계속 당할지도 모른다는 두려움에 싸여있는 사람이 있다. 한 사람에게 거부당했다고 모든 사람에게 거부당할지도 모른다는 생각은 지나친 비하며, 확대해석이다. 수학을 잘 못하니까 머리가 나쁘다고 단정 짓는 것도 비슷하다. 수학은 못해도 사교 능력이 뛰어나거나 문장 실력이 발군일수도 있지 않은가. 이런 심리는 모든 걸 한데 묶어 통틀어 취급하는 데 문제가 있다. 자신의 능력이나 취미, 상황을 구체적으로 점검할 필요가 있다. '나는 인간관계에 문제가 있어'라고 막연히 생각하기보다 '부하들은 잘 따르지만 연배가 있는 사람들하고는 가끔 트러블이 있다'는 식으로 구체적인 사실을 객관적으로 관찰하는 것이 중요하다.

대개의 경우 사실에 근거하지 않은 추론이 많다. 이런 습관을 버려야 자기 비하의 늪에서 빠져나올 수 있다.

인간의 실체를 알면 마음이 가벼워진다

인간의 실체를 알지도 못할뿐더러 자기만이 뒤쳐진 인간이라고 생각하는 만성 자기 비하증 환자가 있다. 세상물정을 모르는 사람, 과잉보호 속에서 자라난 사람에게 이런 경향이 많이 나타난다. 입으로 말하지는 않을 뿐 누구에게나 크고 작은 열등감은 존재하기 마련이다. 보이는 자신만만함이 전부는 아니다.

간혹 불안함 없이 늘 평온한 사람, 열등감이 없어 보이는 사람이 있을지도 모르겠으나 이들은 대개 골목대장 심리의 소유자들이다. 많은 사람들과의 부대낌이나 시달림 없이 살아온 사람들이 그렇다. 부대낌이나 시달림이 없었다는 말은 다른 사람과 비교당하면서 나르시시즘(자기중심성, 팔방미인, 자부심)에 상처를 입은 경험이 없음을 의미한다.

이런 사람과 자신을 비교해서는 안 된다. 보통 사람들을 잘 관찰해보기 바란다. 관찰해도 모르겠으면 직접 물어보라.

솔직하게 말해주지 않는 사람도 있지만 그것은 자신이 없기 때문이라고 해석하자.

타인에게 가르쳐주면 자기가 손해를 본다는 생각은 자신감 결여에서 온다.

순간순간 진지하게 최선을 다하는 과정이 중요하다. 지금의 나는 이것이 베스트라고 선언하면서 매 순간을 즐기자. 그리고 자기 비하가 아니라 자기 예찬 사상으로 무장하자.

지나치게 자기를 비하하는 사람과는 함께 있고 싶지 않은 법.

누구에게나 열등감은 존재한다는 사실을 기억하자.

18
돈을 제대로 쓰자

돈을 어떻게 쓰느냐 또 어떻게 버느냐는 그 사람의 인간성과 직결된다. 자칫하면 신뢰를 잃을 위험도 있다. 심리치료가나 카운슬러는 특히 이 점을 더 주의해야 한다. 왜냐하면 클라이언트로부터 수수료 받기를 쑥스러워하기 때문이다. 무료로 상담을 해주면 밑져야 본전이라는 생각에 내방자들이 상담실 의자에 앉기를 부담스러워하지 않지만 1000엔이라도 받으면 본전 생각이 나서 지나치게 진지하고 심각해진다. 수수료를 비싸게 받을 수도 없다. 클라이언트가 '바가지 썼다!'는 생각에 사로잡혀 치료자에게 친근감을 갖지 못할 위험이 있어서다.

왜 돈이 힘의 상징인가

그린이라는 정신과 의사가 콜걸의 심리를 분석한 논문을 발표한 적이 있는데 그녀들에게서 남성 혐오 증세가 발견되었다. 남성에게 복수하고 싶다, 남성의 돈을 등쳐내기 위해 콜걸이라는 직업을 택했다는 것이다. 돈은 힘의 상징이므로 남성의 돈을 등쳐냄으로써 남성에게서 힘을 빼앗겠다는 무의식속 소망의 표현이라는 분석이다.

친구에게서 명목도 없이 돈을 달라거나 모임의 회비를 근거 없이 어영부영 써버리면 원성을 산다. 그것은 돈에 인색해서가 아니라 부당하게 힘을 빼앗겼다는 불쾌감이 들기 때문이다. 돈 관리를 확실히 해야 오해와 불신을 사지 않는다. 다른 사람이 맡긴 돈을 소중히 하지 않는 것은 그 사람의 인격을 소중히 하지 않는 것과 같다.

돈을 잃으면 우리는 침울해진다. 힘을 잃어버렸다는 좌절감이 들기 때문이다. 돈에 인색한 사람은 돈(힘)을 쓰면 자기 자신이 없어질 것만 같은 불안함에 사로잡히기 때문에 돈을 쥐고 놓지 않는다. 무일푼이라도 태연한 사람은 돈 말고 다른 자신감이 있기 때문이다.

그렇다고 돈에 연연해하는 것이 다 나쁘다는 말은 아니다.

어느 정도 자린고비 정신은 필요하다. 어느 정도 힘을 저장해 놓아야 마음이 편해지는 것은 인지상정이다.

돈은 사랑의 상징이기도 하다

그러나 세상에는 물처럼 돈을 펑펑 써대거나 낭비하는 사람이 있다. 부모의 돈을 훔치는 자식도 있다.

여기서 돈을 쓰고 싶어 하는 심리를 한 번 짚고 넘어가보자.

먼저 애정결핍이다. 내가 이렇게 돈(애정)을 쏟아 부으면 다른 사람들도 이에 상응하는 애정을 보여주리라고 기대하는 심리다. 골목대장이 부하들에게 사탕을 나눠주는 심리와도 같다. 같은 맥락으로 부모의 돈을 훔치는 자식은 부모의 애정에 굶주려 있는 사람이다.

철학자 A.S 닐은 부모에게 1파운드를 훔친 자식에게 2파운드를 주어라 라는 처방전을 내렸다. 부모의 사랑을 아낌없이 주라는 의미다. 2파운드는 애정의 상징이다.

반대로 자식이나 부하에게 돈을 아끼는 부모나 상사가 있다.

상대방은 애정을 충분히 받지 못한다는 느낌을 받는다. 꼭 돈이 애정의 상징이라고 단정 짓는 것은 아니지만 감각적으로 그렇게 느낀다. 이는 누구나가 비슷하게 느끼는 무의식의 세계다.

이상의 말을 요약하면 힘이든 애정이든 돈은 당사자의 분신과 같은 역할을 한다. 지나치게 써대도 지나치게 아껴도 주변 사람들과의 관계를 망치고 만다.

그러므로 써야 할 때와 쓰지 않아야 할 때를 식별해야 한다. 그 체크포인트에는 두 가지가 있다.

먼저 상대방이 돈(힘 또는 애정)을 좋아하는지 아닌지를 확인하는 일이다. 독선적으로 돈을 쓰면 오해를 불러일으킬 위험이 있다.

또 하나는 돈을 쓰는 일이 즐거운지 아닌지(즐겁지는 않지만 내는 쪽이 안 내는 것보다 심리적 고통과 부담이 덜한지)를 생각한다. 이 두 가지 조건이 맞을 때 돈을 쓸 가치가 있는 것이다.

돈은 힘의 상징이며 동시에 애정의 상징이다.
서로가 유쾌하게 돈을 쓸 때 신뢰관계가 깊어진다.

19
운이 따라주지 않을 때는
어떻게 극복할까

인생이 언제나 순풍에 돛단배일 수는 없다. 동료는 승진을 거듭하는데 나만 제 자리에 머물러 있다든가, 흠모하던 상대방이 다른 사람과 결혼해버린다든가. 우리를 참혹하게 만드는 일들이 비일비재하다. 허나 이는 어쩔 수 없는 노릇. 왜냐하면 인생은 나만을 위해 돌아가 주지 않기 때문이다.

인생에 불운은 당연하다고 생각하자

여기가 중요한 부분이다. 나는 재수가 없어 라든가, 나는 안 돼 라든가, 인생이 이것으로 끝이란 말인가 하면서 한숨 쉬지 말자. 이런 생각에 사로잡혀 있는 사람은 "아, 인생은 내가 원하는 대로 움직여주지 않는구나." 라는 생각을 의식, 무의식중에 뇌리에 심는다. 그러나 이런 인생철학은 꿈과 사실을 혼란시킬 위험이 있다.

'인생이 내가 원하는 대로 움직여주면 그 보다 더 좋은 일은 없겠지만 이번에는 운이 나빴어. 그렇지만 앞으로도 그렇다는 보장은 없잖아. 힘을 내자.' 라고 생각하는 편이 사실에 충실한 사고다.

'가능성이 있는 인간' 은 시련을 감내할 수 있는 힘을 가진 사람이다. 바동바동하지 않는 사람이다. 투덜거리고 불평하지 않는 사람이다.

운이 따라주지 않아 자기 비하를 하기 시작하면 주변 사람들까지 싸잡아 비하하는 경우가 많다. 열등감이 심한 사람일수록 비슷한 사람과 만나면 열등감이 조금은 수그러지기 때문이다. 그러므로 가능한 한 넋두리는 하지 않는 것이 좋다. 넋두리라도 해야 속이 풀릴 것 같으면 가족이나 카운슬러 등, 이해관계가 없는 사람을 찾자.

그러나 무엇보다 다음 기회가 올 때까지 시간을 능동적으로 활용하는 것이 가장 바람직하다. 그 비법은 다음과 같다.

운이 따르지 않을 때야말로 찬스

　누구에게나 나름대로의 목표가 있다. 샐러리맨이라면 적어도 부장까지는 승진하겠다든가, 해외주재원으로 나가겠다든가 등등. 운이 따르지 않을 때에는 그 목표를 달성하는 데 도움이 되는 일은 무엇인가 생각하고 그것을 연마하는데 힘을 쏟자. 화살을 팽팽하게 잡아당긴 다음 시위를 놓겠다는 각오로 기회를 기다리면서.

　하는 일이 없으니까 불운을 탓하고 원망하게 된다. 시간을 허비하는 일만 하니까 세상이 다 끝난 것 같은 생각이 드는 것이다.

　목표달성을 위해 자기 자신을 연마하자. 자신을 연마할 때 스스로를 조절할 수 있는 정신도 고양되고 타인의 신뢰도 얻는 법이다. 운이 따르지 않는 시간은 나를 연마하는 시간이다.

　운이 따르지 않는다고 포기하는 사람에게 나는 두 가지 질문을 던진다.

　'당신은 무엇이 하고 싶은가?'

　'당신은 무엇을 할 수 있는가?'

　이 두 가지 질문에 즉시 대답하는 사람은 의외로 적다. 운이 따르지 않을 때 이 두 가지 질문에 즉시 대답할 수 있으면 된다.

나의 스승인 고(故) 시모다 세이시 선생님(닐 연구가. 다마 미술대학 교수 역임)은 운이 따르지 않는다고 푸념하는 나에게 '인간이 지위를 갈망하는 것이 아니라 지위가 인간을 갈망 하는 것이 진짜'라고 가르쳐주셨다.

지위가 나를 갈망하게 하기 위해서는 나 자신의 라이프 워크를 의식하고 능력을 배양해야 한다. 트레이드마크를 확립하지 못한 채 운만 기다려봤자 아무 소용이 없다.

중요한 권한도 책임도 없을 때가 찬스다. 자유롭고 편한 구석도 있지 않은가. 일종의 안식년이라고 생각하자.

모두가 생각하기 나름. 인생사 새옹지마다. 잘 나가던 사람이 지쳐 맥이 빠질 때 성큼성큼 등장할 날을 꿈꾸자. 활의 줄은 가끔 풀어서 쉬게 해주는 것이 좋다.

운이 따르지 않을 때는 미래를 위해 투자할 때!

20

'좋은 얼굴' 보다
진솔한 얼굴을 보이자

주변사람들에게 지나치게 신뢰를 받아 괴로울 때가 있다. 가령 시어머니가 만나는 사람마다 "우리 집 며늘애가 너무 착해서……." 하고 자랑을 늘어놓는데 실상 며느리는 울분을 삭히며 시어머니를 모시고 있다면 그 마음이 어떻겠는가.

잔소리꾼 상사를 두고 있는 부하도 마찬가지다. 모범사원이라는 신뢰를 한 몸에 받고 있지만 실은 노예처럼 복종하는 자신의 삶에 대해 진절머리가 나는 상황이라면?

이런 며느리나 부하의 심리는 철저한 '가면 심리'다. 철저하게 가면을 쓰고 사는 것도 삶의 한 방식이기는 하지만 몸은 정직하기 때문에 금방 탈이 나고 만다. 몸에 탈이 나지 않으면 어느 날 갑자기 사람이 돌변하는 불상사가 생기기도 한다. 우등생이 갑자기 탈선하는 경우가 여기에 속한다.

항상 '착한 얼굴'을 할 필요는 없다

병에 걸리는 사람이나 걸리게 하는 사람이나 반항하는 사람이나 당하는 사람이나 행복할 리 없다. '믿었는데 어쩜 나한테 이럴 수가 있어' 하는 시어머니나 상사에게 믿는 도끼에 발등 찍혔다는 배신감을 주지 않기 위해서는 가끔 자신의 한계를 드러내자. 언제 어디서나 '착한 얼굴'을 할 필요가 없다는 말이다.

'착한 얼굴'을 하지 않으면 그 때까지 쌓아온 신뢰관계가 무너지지는 않을까 걱정하는 사람이 있다. 이 부분은 머리를 써야 한다. 상대방의 기대에 응할 수 없다는 사실을 분명히 밝혀야 한다. 즉 상대방이 기대를 조금씩 수정해가도록 유도하는 것이다.

"알았어, 너에게는 부탁하지 않을게!"

하고 상대방이 격노한다면 어쩔 수가 없다.

'아무리 화를 내도 나는 그것을 해줄 수 없다' 라고 분명히 하는 수밖에.

설령 신뢰를 잃는다 해도 내 인생을 내 의지로 방어할 자유는 잃지 말아야 한다. 내 인생의 행복은 내 손으로 거머쥐어야만 한다. 자신의 능력 범위 내에서 최선을 다해 성심성의껏 대응하면 된다고 생각하자.

스스럼없는 인간관계를 구축하자

세상이 끝나는 그날까지 언제나 거리낌 없고 스스럼없는 신뢰관계를 지속하는 부모자식, 부부, 상사와 부하, 사제, 동료들이 있다. 이들의 관계는 서로 눈치보고 살피는 '피곤한 관계'가 아니다.

어떻게 하면 이런 관계를 지속할 수 있을까? 그것은 며느리건 자식이건 부하건 제자건 안심하고 자기주장을 펼칠 수 있는 분위기를 늘 조성하는 것이다. 이는 곧 서로가 서로의 말과 입장을 이해하고 받아들이는 수용적 분위기를 말한다.

"지금 이런 말씀을 하시면……." "그건 곤란한데……."

"갑자기 그렇게 말하면……."

이런 식으로 자유롭게 자기 생각을 말할 수 있는가, 없는가. 이것이 관건이다.

리더 역을 하는 사람은 상대방이 무리해서 이쪽의 기대에 부응하기 위해 노력하고 있는건 아닌지 늘 관심을 두고 살펴보아야 한다. 그러면 자연스럽게 상대방의 주장에 귀를 기울이는(수용하는) 자세가 몸에 밴다.

그러나 분위기가 아무리 좋아도 영 속을 알기 힘든 사람이 있다. 말이 아니라 눈물 혹은 기분 상한 표정을 지음으로써 자기의 기분을 어필한다. 심지어는 무단결근을 해서 상대방을 당황하게 만든다. 당사자로서는 자기 마음을 몰라주는 주변사람들이 원망스럽기만 하다. 이런 사람들은 대체로 오냐오냐에 익숙한, 욕구불만을 모르는 사람이다.

"차 준비됐어." "시간 다 됐네." "목욕할 시간이야." 등등

자기가 욕구를 말하기도 전에 척척 주변사람들이 알아서 해주었던 사람이다. 이런 사람은 가만히 있어도 다른 사람들이 자신의 기대에 부응해줄 것이라고 믿어 의심치 않는다. 그러나 과거의 잔재를 벗어버리고 스스로 자기 주장을 펼치지 않는 한 신뢰는 얻기 힘들다.

'착한 얼굴'로 영원히 있을 수는 없다.
거리낌 없이 자기주장을 할 수 있는 관계가 신뢰감을
오래 지속시킨다.

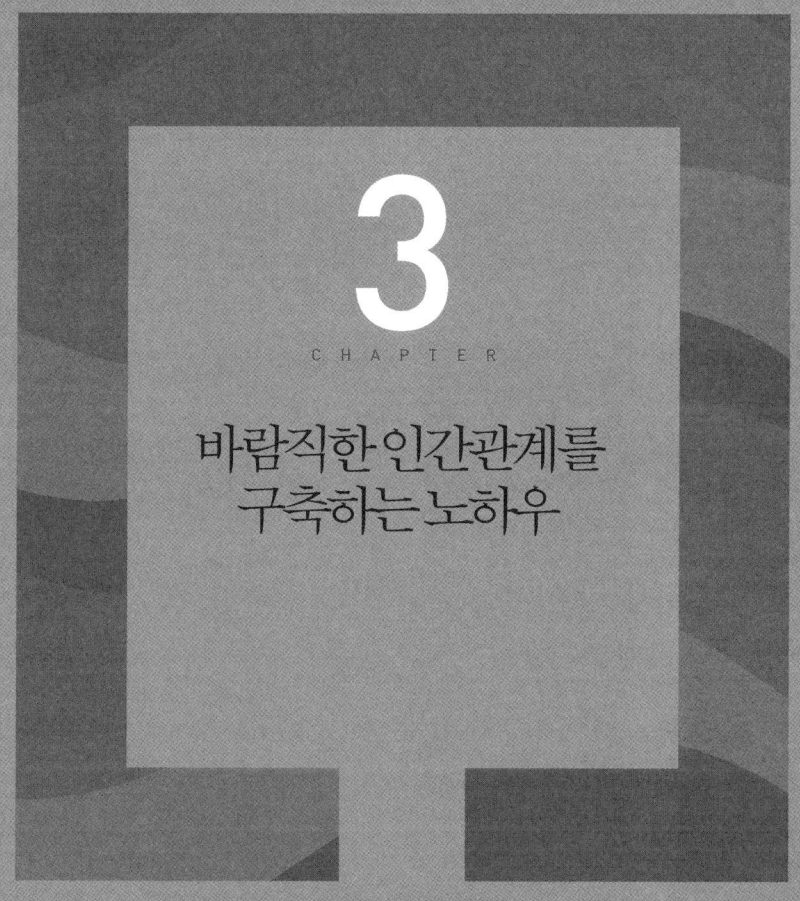

3
CHAPTER

바람직한 인간관계를
구축하는 노하우

다 시 생 각 하 고 , 다 시 설 계 하 고 다 시 짓 자

21
질문을 통해 상대방의 마음을
알아내는 방법

다른 사람과의 대화를 업으로 하는 카운슬러지만 도무지 상대하고 싶지 않은 사람들이 가끔 있다.

술자리에서 내 옆에 꼭 붙어서는 얼마 전에 꾼 꿈 얘기를 장시간 늘어놓으면서 "제 정신 상태를 좀 분석해 주세요." 하는 사람, 자기가 담임을 맡고 있는 학생의 가정형편이 이러쿵저러쿵하면서 "제가 어떻게 하면 좋을까요?" 하고 한숨을 토해내는 사람 등등.

술잔 돌리기도 멈추고 가만히 듣고만 있기가 여간 고역이 아니다. 특정인물의 상담을 위해 내가 그 자리에 불려나온 것도 아니기에 어떨 땐 불쾌한 마음마저 든다.

같은 질문이라면 왜 미국에 유학을 갔는지, 요즘 아이들의 가장 큰 문제가 무엇이라고 생각하는지 등, 사적인 일에 관심을 가져주는 질문이 훨씬 마음에 와 닿는다.

질문에는 두 종류가 있다

질문의 종류는 크게 두 가지다. 나의 이익을 노리고 상대방을 활용하기 위한 질문과 상대방을 잘 이해하기 위한 질문이다.

인간관계 구축이라는 관점에서 보면 후자 쪽이 훨씬 좋은 질문이다. 남의 말을 잘 듣는 사람은 후자를 잘한다.

상대방을 알기 위해 질문하는 행위 자체가 두 사람의 관계를 더욱 깊게 만들어준다. 질문을 받은 쪽은 '이 사람이 이렇게까지 나에게 관심을 가져주는구나.' 하고 기쁘게 생각하기 때문이다. 누구에게나, 정도의 차이는 있을지언정, 나르시시즘(자기중심적 사고)이 존재한다. 주목을 받으면 기분이 좋아진다.

다른 사람의 말을 잘 경청하는 사람은 상대방이 '참 괜찮은 질문이야' '이걸 좀 물어봐주었음 좋겠는데' 하고 바라는 질문을 끊임없이 던질 줄 아는 사람이다.

능수능란하게 상대방을 기쁘게 하는 질문을 던질 수 있는 비결은 무엇일까? 평소에 문제의식을 가지고 생활하는 것이 그 비결이다.

가령, '어떻게 하면 부하들이 나를 따를까?' '어떻게 하면 아내(남편)와 잘 지낼 수 있을까?'를 끊임없이 생각하는 사람은 이에 관해 저절로 관심이 생기기 때문에 여러 가지 질문을 던지기 마련이다. 멍하니 아무 생각 없이 사는 사람은 무엇을 물어야 할지조차 모르기 때문에 건성건성 적당히 말하고 적당히 듣는다. 호기심만을 채우기 위한 노골적이고 무례한 질문은 금물이지만 가르침을 갈구하는 마음이 느껴지는 질문은 실례가 되지 않는다. 상대방이 내 말에 귀 기울여주면 저절로 말이 하고 싶지만 그렇지 않으면 입을 다물고 싶은 게 인간 심리다.

질문을 잘하는 법

이번에는 질문 기교에 대해 생각해보자. 질문에는 '닫힌 질문(closed question)'과 '열린 질문(open question)'이 있다.

닫힌 질문은 "골프 하세요?" "자녀분들이 아직 어리나요?"와 같이 '네' '아니요'로 대답할 수 있는 질문. 열린 질문은 "취미가 무엇인가요?" "자녀분들 나이는 어떻게 되나요?" 등등 '네'와 '아니요'로만으로 대답할 수 없는 질문이다. 전자는 입이 무거운 사람을 상대하거나 중요한 판단을 위한 정보 수집을 할 때, 후자는 심문하는 기분이 들게 하지 않으면서 많은 정보를 수집해야 할 때 많이 쓰인다.

입이 무거운 사람은 대답할 때도 신중하므로 열린 질문을 하다가도 닫힌 질문으로 바꾸는 센스가 필요하다.

질문할 때는 다음 두 가지에 유의해야 한다. 상대방이 꺼려할만한 질문은 가능한 한 나중에 할 것. 궁금하다고 수입이나 학력, 성생활, 신체상의 문제 등을 처음부터 거론하면 상대방의 기분을 상하게 할 뿐 아니라 인간관계 구축에 치명적인 장벽을 쌓는다.

또 하나는 앞뒤 맥락 없이 두서없이 내키는 대로 질문하지 말 것. "아내가 친정에 갔어." 했다면 "왜? 무슨 일 있었어?" 하는 물음이 자연스럽다. 그런데 뜬금없이 "부인이 미인이신가요?" "그런데 올해 나이가 어떻게 되세요?" 하는 질문은 생뚱맞기 그지없다. 말하는 상대방의 마음을 읽지 못하면 인간관계는 불가능하다. 대화의 토픽과 관련 있는 부분을 포착하고 이를 주제로 자연스럽게 던지는 질문이 상대방을 솔깃하게 하는 질문이다.

내키는 대로 던지는 질문은 인간관계를 망친다.

닫힌 질문, 열린 질문을 잘 나누어 활용하자.

단, 상대방이 꺼려할만한 질문은 가급적 나중에 할 것.

22

‘반사’ 와 ‘명확화’ 를 활용하자

역할 상 관계든, 사적인 감정교류든 인간관계를 맺기 위해서는 반드시 커뮤니케이션이 필요하다. 묵묵부답, 종잡을 수 없는 화술, 오해를 살만한 표현, 감정을 상하게 만드는 말투, 배려없는 태도 등이 커뮤니케이션을 못하는 사람들의 특징이다.

커뮤니케이션을 원활하게 하기 위해서는 어떻게 하면 좋을까? 두 가지 방법을 소개해보자.

‘반사’란 무엇인가?

상대방의 이야기가 한 단락 끝났을 때 포인트를 정리하고 요약해서 다시 한 번 반복해서 말하는 것을 '반사'라고 한다. 말하자면 이런 식이다. "그러니까 너는 대도시로 나가서 취직을 하고 싶은데 시골에 계신 아버지의 가업도 나 몰라라 할 수가 없어 고민하는 거구나."

자신의 생각이나 감정을 제삼자가 정리해서 다시 말해주면 말하는 본인에게는 객관적으로 자기 자신과 대면하는 효과가 있다. 그렇기에 이쪽에서 명쾌한 해답을 제시하지 않더라도 상대방은 자기 말을 귀 기울여 들어주고 있다는 안도감이 생긴다.

실제로 가장 바람직한 인간관계는 그때까지 보이지 않았던 자기 자신을 보게 해주는 관계다.

이와 반대되는 경우가 '지레짐작'이다. 상대방은 '내가 하고 싶은 말은 그게 아니야!'라고 일침을 가한다.

남의 말에 '반사'를 잘 하기 위해서는 자신의 사고 틀을 버리고 상대방의 입장이 되어 듣는 태도가 중요하다. 사장과 이야기할 때는 사장 입장이 되어서, 아이와 이야기할 때는 아이 입장이 되어서, 아내(남편)와 이야기할 때는 아내(남편)의 입장이 되어서 듣는 연습을 1년만 지속하면 '사람이 변했다'는 평가를 받게 되리라.

'명확화'란 무엇인가?

상대방의 이야기를 요약해서 다시 말하는 '반사' 만으로는 어딘가 부족하다.

'사실은······' 하고 감춰둔 속내가 있기 때문이다. 자기 입으로는 말하기 힘들지만 상대방이 알아줬으면 하고 바라는 마음까지 살펴야 한다.

이렇게 상대방이 알아주었으면 하는 속내까지 들춰내는 대화 기법을 '명확화' 라고 한다. 상대방의 감춰진 속내와 감정을 찾아 지적하는 것이다.

부하가 "부장님 오늘도 야근해야 하나요?" 했을 때 "그래!" 하는 한 마디가 아니라 "오늘 밤 무슨 일이 있나보지?" 하고 말해준다면 부하는 상사의 마음 씀씀이에 감동한다.

그렇다고 감추고 싶어 하는 부분까지 지적할 필요는 없다. 이런 명확화는 심리학을 처음 공부하는 사람들에게 호기심을 자극하는 것이기는 하지만 지나치면 오히려 인간관계를 망칠 수 있음을 명심해야 한다.

여기서 말하는 명확화는 상대방이 말 속에서 호소하려는 본심이 무엇인지를 파악하고 그것을 지적하는 것을 의미한다.

"아빠, 이번 주 일요일에 또 골프 가?" 하는 어린 딸의 질문에 "응, 그래." 하지만 말고 "왜? 아빠와 같이 놀고 싶구나?" 하고 딸의 기분을 알아주는 것이다.

명확화에 서툰 사람은 마음 씀씀이가 빈약한 사람이다. 마음 씀씀이가 빈약한 사람은 감정 체험이 빈약한 사람이다. 감정적으로도, 경제적으로도 아무 고생 없이 자란 사람들 중에 이런 사람들이 많다.

반면 배고픔을 알고 자란 사람은 "자네 지금 배고프지 않은가?"하는 정도의 질문이 자연스럽게 나온다.

그러나 마음 씀씀이가 정도를 지나치는 사람이 있다. 주변 사람들의 기분을 살피기에만 급급한 나머지 늘 초긴장 상태다. 이것도 그리 바람직한 현상은 아니다. 자칫하면 도가 지나쳐 강박관념에 빠질 위험이 있다. "저 사람은 나를 싫어하는 게 틀림없어." 라는 생각에서 헤어 나오지 못한다.

'붙지도 않고 떨어지지도 않는' 상태처럼 사람의 내면에 들어가도 좋은지 아닌지 신중하게 판단해야 한다. 상대방의 내면의 목소리에 귀 기울이되 내면에서 호소하는 소리가 들리지 않으면 깊이 들어가지 않는 게 상책이다.

23
부탁할 때는 구체적으로

어느 중년 남성이 아내에게 잔소리를 듣고 풀이 죽어있었다. 사연을 물은 즉, "아내가 집 좀 부탁한다면서 외출을 하더군요. 그래서 하루 종일 집에 있었어요. 그런데 갑자기 비가 내리는 바람에 베란다에 널어놓은 이불이 다 젖었지 뭐예요. 그랬다고 마누라가 얼마나 잔소리를 해대는지……,"

'집 좀 잘 부탁해요' 보다는 '저녁식사 준비 부탁해요'

이런 불상사를 막기 위해서는 다른 사람에게 무엇을 부탁할 때 가능한 한 구체적으로 하는 것이 좋다.

'집 좀 잘 부탁해요' 보다는 '저녁식사 준비, 이불 걷기, 아이 간식 먹이기' 등 구체적으로 말해야 오해와 충돌을 방지한다.

집을 잘 부탁한다고 했으면 당연히 상식적으로 알아서 해야 하는 거 아니냐고 반문하는 사람도 있다. 그러나 말의 구체적인 정의(조작적 정의라고 한다)는 의외로 다양하다.

가령 '부부 사이가 좋다' 는 말은 구체적으로 어떤 의미인가 하고 학생들에게 물으면,

'부부싸움의 빈도가 적다'

'부부 사이에 대화가 많다'

'부부가 자주 함께 외출을 한다'

'남편의 역할, 아내의 역할에 대한 인식이 일치한다' 등, 의견이 천차만별이다.

그러므로 젊은 부부에게 '부부가 서로 잘해야지' 하고 훈계하기 보다는,

'하루에 1시간은 대화를 하라'

'2만 엔 이상 물건을 구매할 때는 배우자와 의논해서 하라'

'한 달에 1번은 외식을 하라' 등등, 구체적으로 어드바이스를 하는 편이 효과적이다.

즉, 이념이 아니라 구체적인 액션을 지정하는 것이다.

'잘 부탁해' 하고 막연하게 부탁하는 것은 당신이 어떤 행동

을 취하든 토를 달지 않겠다는 선언과도 같다.

부탁을 받았을 때 대처법

같은 맥락으로, 다른 사람에게 어떤 사안에 대해 막연하게 부탁을 받았을 때에는 상대방이 어떤 것을 기대하고 있는지를 확인한 뒤 수용한다.

이를 늘 의식하는 일이 바로 카운슬링이다.

"저희 아이를 잘 지도해 주세요." 라는 부탁을 받았을 때 카운슬러는 보통 아이가 어떻게 바뀌기를 기대하는지 확인한다. 기대에 부응하지 못할 것 같으면 처음부터 의뢰를 거절한다.

그런데 세상에는 자기가 무엇을 기대하고 있는지조차 자각하지 못하는 사람들이 있다. 혹은 상식을 넘어선 요구를 하는 사람도 있다. 안아주고 업어달라고 말도 안 되는 부탁을 하는 사람이 있는 것이다. 제대로 확인도 하지 않고 좋아 좋아하고 덥석 약속을 해놓고 나중에 안 되겠다고 하면 원망을 사기 딱 좋으니 조심해야 한다.

구체적으로 어떻게 해주길 바라는지 물어보고 확인하자.

카운슬링 강연을 의뢰받을 때 나는 상대방에게 무엇에 대해 강연해주길 바라는지 묻는다. 기법습득 워크숍인지, 카운슬링과 교육의 상관성에 관한 것인지, 카운슬러 양성 방법에 대한 것인지를 확인한 다음 자료 준비에 들어간다.

이를 위해서는 평소에 내가 할 수 있는 일은 무엇인지, 무엇을 하고 싶은지 자각해두어야 한다.

즉, 자신의 수비 범위를 파악해놓고 있어야 한다. 가령, 나는 카운슬러지 정신과 의사가 아님을 자각해야 한다. 정신질환을 앓고 있는 사람의 치료를 부탁받았다면 정신과 의사를 소개해준 다음 나는 더 이상 관여하지 않는다. 학교 교사 또한 부모에게 부당한 요청을 받을 때가 있는데 당신이 못하는 일이라면 분명히 'No'를 밝히는 것이 좋다.

어떤 일을 부탁할 때는 이념이 아니라 행동을 지시할 것.
어떤 일을 부탁받을 때는 구체적으로 어떻게 해주길 바라는지 확인할 것.

24
'피드백'을 활용하자

예를 들어 설명해보자.

미국 유학 중인 학생이 돈이 몹시 필요해 친구에게 혹시 아르바이트 거리가 없는지 물으러 갔다. 친구는 지금 수업에 들어가야 하는데 같이 안 가겠냐고 묻는다. 수업이 끝난 뒤 친구는 "제 친군데 혹시 아르바이트 할 데 없을까요?" 하고 교수에게 물어봐주었다. 교수는 "자네는 나의 수업을 어떻게 들었는가?" 라고 묻는다. 학생은 "교수님의 목소리는 머리 꼭대기에서 나오는 듯한 기묘한 목소리더군요." 라고 대답했다. 교수는 그 학생이 마음에 들어 그 자리에 조수로 채용했다. 이것은 실화다.

'피드백'이란 무엇인가

피드백이란 이 학생처럼 상대방의 언동에 관한 사실을 지적하는 행위다.

예를 들어 "너는 둔한 편이구나."가 아니라 "그 일을 하는데 1주일이 걸렸구나." 하는 것이 피드백이다. 즉, 상대방이 미처 모르고 있던 사실을 일깨워주는 행위가 피드백이다.

피드백을 받는 쪽도 사심 없이 정직하게 사실을 말해주는 사람에게 친근감을 느끼는 것이 보통이다. 나에게 관심을 가지고 봐주는구나 하는 마음이 들기 때문이다.

'본다'는 말은 '사랑한다'는 말이다. 본다(사랑한다)는 것은 상대방에게 관심을 표현하는 일이다.

자기에게 관심을 보이는 사람을 싫어하는 사람은 극히 드물다. 누구에게나 나르시시즘(자기중심성)이 존재하기 때문에 다른 사람이 나에게 관심을 가져주면 기쁘고 흥분된다. 그렇기에 나를 봐주는 사람(관심을 표현해주는 사람)을 좋아하게 되는 법이다.

피드백의 착안점

아내의 헤어스타일이 바뀌었는지 안 바뀌었는지도 눈치 못 채는 무심한 남편이 있다. 아내는 이런 남편에게 사랑 받고 있다는 생각이 전혀 들지 않는다. 좋은 옷이네요, 좋은 차네요. 보이는 것은 무궁무진하다.

특히 무엇을 보고 말해줘야 상대방이 기뻐하는지 알아보자.

먼저 상대방의 물리적 존재감이다.

얼마 전에 내가 가르치던 제자 6,7명이 공항에 나를 마중하러 와 주었다. 한 제자는 나에게 열심히 말을 걸면서도 옆에 있는 여성에게는 무심한 듯 보였다.

"자네 부인인가?" 하고 물으니 여동생이라는 대답이 돌아왔다. 부인을 데리고 오지 그랬냐고 물으니 저쪽에 있다면서 제일 끝에 서 있는 여성을 가리켰다. 그는 자기 아내는 안중에도 없는 듯 행동했다.

왜 자기 부인을 소개도 안 해주나 신경이 쓰였다.

나는 많은 사람의 인사를 받을 때는 한 사람 한 사람 얼굴을 둘러본다. 일부러 와준 성의에 보답하기 위해서다. 얼굴을 보고 웃는 게 고작이지만.

두 번째는 상대방의 좋은 점을 발견하고 말해준다.

치켜세우거나 아부를 하라는 게 아니라 사실을 지적하는 것이다. "자네 영어는 발음도 좋고 스피드도 네이티브같군." "자네 책은 아카데믹하지는 않지만 설득력이 있어." 하는 식이다.

상대방의 좋은 점을 도저히 못 찾겠다고? 어쩌면 열등감이 방해하고 있을지도 모른다. 상대방의 좋은 점이 보이면 보일수록 열등감도 점점 심해지기 때문에 다른 사람의 좋은 점이 보이지 않게 된다.

아무리 찾아봐도 결점밖에 보이지 않을 때는 그 결점도 돌려 생각해보면 좋은 점이 되지 않을까 하고 생각 자체를 바꾸는 노력을 하는 수밖에 없다.

가령 "병이 나서 힘들겠지만 그 덕분에 건강에 중요성을 깨달았잖아. 오히려 건강한 사람보다 장수할 걸세." 하고 말해주는 것이다.

자기에게 관심을 가져주면 누구나 기쁜 법.
좋은 점을 발견해서 말해주면 호감도는 한 단계 업!

25
'공유시간'을 갖는 것만으로
인간관계는 깊어진다

옛날에 알던 사람 중에 집을 나와서 방황하던 소년이 있었
다. 자기를 낳아준 엄마가 도호쿠 쪽에 산다는 말을 듣고 수천
리나 되는 곳을 힘겹게 찾아갔다. 드디어 친엄마를 만났지만
웬 낯선 아줌마라는 생각밖에 들지 않더라고.

낳아준 엄마보다 길러준 엄마와의 정이 깊은 것은 왜일까?
그것은 시간을 공유했는지 안했는지의 차이다. 시간의 공유란
물리적으로 시간을 함께 보내는 것을 의미한다. 함께 목욕을
하고 함께 밥을 먹고 함께 TV를 보고 함께 술을 마시고 함께
수영을 하고……. 이런 일련의 흔하디흔한 일상의 체험이 인
간관계의 유대감을 깊게 만들어준다.

원초적 체험

학력, 나이, 직업을 불문하고 인간은 태어나기 전에 모두 엄마 뱃속에서 모체와 함께 시간을 공유한다. 태어난 후에도 엄마에게 안겨 젖을 먹는다. 이처럼 시간의 공유는 인간관계의 원초적 체험이다. 그렇기에 아무리 나이를 먹어도 누군가와 시간을 공유할 수 없는 상황에 놓이게 되면 삶을 살고 있다는 감각을 잃게 된다.

이야기를 나누어도 좋고 친구와 둘이서 도서관에서 책을 읽는데도 의미가 있다. 옛날에는 마메마키(입춘 전날 밤 액막이로 콩을 뿌리는 일), 봉오도리(음력 7월 15일 밤에 남녀들이 모여서 춤을 추는 윤무), 다나마타마츠리(칠석을 기념하는 축제로 센다이에서 매년 8월 6~8일까지 행해진다) 등, 연중행사가 많았기 때문에 자기도 모르는 사이에 타인과의 시간을 공유할 기회가 많았다. 인생이 윤택하고 알찬 느낌이 들었다. 고독이 밀려올 틈이 없었다.

그러나 현대사회는 다르다. 다른 사람과의 공유시간을 의식하고 살지 않으면 혼자서 인생이라는 벼랑 끝에 내몰리는 상황이 언제 닥칠지 모른다.

단합대회에 참가하지 않고 혼자서 영화관에 간다거나 주변 사람의 경조사에는 통 관심이 없으면서 친구가 없어 외롭다고 한숨을 쉬는 사람이 있다. 이는 모순이다.

호의는 굴러들어오는 것이 아니라 획득하는 것

왜 모순일까? 자기는 아무 것도 하지 않으면서 다른 사람이 자기에게 호의를 가져주기를 바라는 이기적이고 수동적 자세가 모순이다. 사랑은 받는 것이 아니라 얻어내는 것이다. 몸을 움직여 획득(earn)하는 것이다. 갓난아기조차 부모에게 예쁜 짓을 해서 사랑을 차지한다.

여기에서 한 가지 고민해야 하는 부분이 있는데 획득에는 두 가지가 있음을 기억하자. 하나는 애정갈구. 사랑이 없으면 세상이 끝났다고 생각하거나 미움을 받으면서는 살아갈 가치도 없다고 불안해하며 늘 누군가에게 찰싹 달라붙어있는 사람이 있다.

이런 사람은 상대방에게 강박적이다. 숨이 멎을 것만 같이 조여 온다. 가령 아내가 아파 몸져누웠어도 상사의 골프 제안을 거절하지 못한다. 상사의 사랑을 잃을까 두려워 거절하지 못하는 것일 뿐 시간을 공유하는 즐거움 따윈 없다.

좋아하면서, 즐기면서 함께 시간을 공유할 때 의미가 있다. 좋아서 아이와 함께 수영장에 가고, 좋아서 노부모 간병을 하고, 좋아서 함께 술을 마시면서 시간을 공유할 때 행복을 느낀다.

그러기 위해서는 애정갈구를 멈추어야 한다. 늘 사랑이 충만한 생활만큼 좋은 것은 없겠지만 설령 사랑을 충분히 받지 못한다 해도 그것에만 연연해해서는 안 된다.

옛날에 나도 강박적으로 다른 사람과 시간을 공유하는 타입이었다. 기다렸다는 듯이 어떤 모임에도 얼굴을 내밀곤 했다.

그러나 지나고 보니 그런 시간들은 큰 의미가 없었다. 정이 일지 않기 때문에 '너, 나' 하는 관계로는 발전하지 않는다.

마흔이 넘으면서 생각을 바꿨다. 다른 사람이 어찌 생각하든 즐기면서 인생을 살리…… . 지금은 누구와 언제 어떻게 시간을 공유할지 선택하면서 즐기는 사람이 되었다.

친해지고 싶으면 함께 공유하는 시간을 아까워하지 말 것.
단, 고독이 두려워 강박관념에 들러붙는 사람은 환영받지 못한다는 사실!

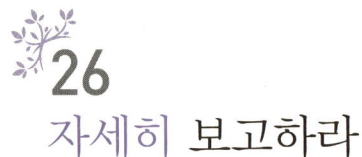

26
자세히 보고하라

다른 사람에게 어떤 일을 부탁받았을 때는 그 사람이 상사든 부하든 동료든 관계없이 진척 상황을 보고하자. 신뢰를 얻는데 중요한 포인트가 된다.

그 이유는 두 가지로 요약할 수 있다. 첫째 상대방의 기대에 부응해서 움직이고 있음을 알림으로써 기대와 행동의 일치를 서로 확인할 수 있기 때문. 둘째, 자세히 보고를 함으로써 상대방의 역할을 인정하고 있음을 알리는 계기가 되기 때문이다. 이에 대해 좀 더 자세히 설명해보자.

보고하는 목적은 불안을 해소시키기 위해

팔순이 다 된 노모가 쉰이 넘은 아들에게 전화를 걸 때마다 "너무 술 많이 마시지 말거라." 하고 주의를 준다. 잔소리에 끝이 없다. 그러나 어머니의 마음을 헤아리는 아들은 "요즘에는 하루씩 걸러 마시니까 걱정 마세요……." 하고 대꾸한다. 이에 노모는 안심한다.

상사, 동료, 부하들은 부모처럼 잔소리를 해대지는 않는다. 행여 기분이 상할까봐 눈치를 보기 때문이다. 그렇기에 이쪽에서 먼저 선수 쳐서 "지난 번 말씀하신 건은 지금……단계까지 와 있습니다." 하고 중간보고를 하면 상대방은 안심한다. 자칫하면 '일은 제대로 하고 있는 건지 원…….' 하고 불안해하다가 급기야 불신으로 발전할 위험이 있다.

개중에는 상사의 눈에 들기 위해 저런 짓을 한다고 평가 절하하는 동료가 있을 지도 모른다. 모르긴 몰라도 질투심이다. 상사 눈에 들어 뭐가 나쁘냐고! 마음속으로 외치면 그만이다. 가능하면 동료의 질투를 사지 않을만한 보고 방식을 연구해보자.

부하나 배우자를 100% 신뢰해서 아무런 불안함을 느끼지 않는 사람도 있다. 그래도 해야 할 일은 하는 것이 좋다. 인간은 누구나 다른 사람에게 인정받고 싶은 욕구가 있기 때문이다.

'인정받고 싶은' 욕구를 이해하자

인정받고 싶은 욕구 중에서 가장 기본적인 욕구는 자신의 존재감에 대한 인정이다. 조직 속에서 말하면 자신의 역할(포지션)에 경의를 표해주길 바라는 마음이다.

그러므로 부하가 보고를 해준다는 말은 자신의 포지션이 인정받고 있음을 의미한다. 스스로 무능하다고 생각하는 사람일수록 자신의 포지션이 인정받을 때 기쁜 법이다.

상사의 능력은 그다지 인정하지 않지만 상사의 역할은 인정하고 넘어가자. 그래야 기대와 행동이 일치하여 신뢰를 얻어내기 쉽다.

부부 사이도 마찬가지다. 현명한 아내는 절대 아이들 앞에서 남편을 비난하지 않는다. 아이들이 기대하는 아버지상을 깨트리지 않기 위해서다. 자칫하면 아버지를 불신하는 사태를 초래할 위험이 있기 때문이다.

그런데 가정이든 직장이든 사적인 관계에서든 중간보고를 소홀히 하는 사람이 많다. 이런 사람은 한 마디로 자기중심적인 사람이다. 타인의 입상 따위는 생각하지노 않는 사람이다. 남이 잘해주는 걸 당연하게 생각하는 사람이다. 기브 앤드 테이크 원칙을 무시하는 사람이다. 다른 사람에게 기대만할 뿐 다른 사람이 자기에게 무엇을 기대하는지 모르는 무신경한 사람이다. 신뢰를 받는 사람은 일견(一見) 유유자적 마이 페이스처럼 보일지라도 신중하고 성실하게 타인의 기대를 감지하며 움직인다.

성실한 중간보고는 상대방의 역할에 경의를 표하는 행위다.
잔소리가 많은 상사일수록 그 수고를 아까워하지 말 것.

27
지나친 붙임성도 생각해볼 문제

다른 사람에게 잘 보이고 싶은 마음은 누구에게나 있다. 그
래서 초면의 사람에게도 붙임성 있게 다가가려고 노력한다.
그런데 이를 지속하기란 여간 힘든 일이 아니다.

그 대표적인 예가 바로 결혼이다. 연애할 때는 상대방에게
입의 혀처럼 잘하다가 결혼 후 얼마 지나지 않아 본색을 드러
낸다.

지나치게 착해도 안 된다?

착한 사람으로 행동할 때는 나도 모르게 상대방에게 맞추려

고 하기 때문에 필연적으로 자신의 본심을 어느 정도 억압하게 된다. 그렇지만 당사자는 그것을 모른다. 억압당한 본심은 불만으로 표출되고 이 불만이 폭발하면 어제와는 전혀 딴 사람이 되곤 한다. 불쾌함은 본심이 표면으로 드러난 증거다.

붙임성 있고 싹싹하던 사람이 어느 날 갑자기 돌변하는 전형적인 예가 '우등생의 등교 거부'다. 착한 아이다, 나무랄 데 없는 아이다라는 평판을 받던 아이가 어느 날 갑자기 "이제 더 이상 착한 애인 척 하고 싶지 않아!" 하고 부모와 학교를 거부한다. 물론 비슷한 경향을 보이는 어른들도 많다.

30년동안 남편이나 시부모에게 싫은 소리 한 번 안하고 잘 지내던 주부가 어느 날 갑자기 이혼 선언을 한다든가, 순종적이던 부하가 어느 날 갑자기 사표를 내던지는 등등.

평소에 너무 착하다는 인식이 박히면 싫은 소리를 하기가 점점 어려워진다. 타인의 기대(저 사람은 착해)에 발목을 잡히기 때문이다.

그러므로 착할 때 착하더라도, 붙임성 있게 행동할 때 하더라도 필요할 때 할 말을 하는 것이 좋다. '나는 이 정도의 인간이다'라고 선언해두는 것이 맘 편하다.

처음에는 제로에서 시작

관계가 길어지거나 (예=결혼, 취직) 깊어질 (예=심리요법, 카운슬링, 집단 카운슬링) 때에는 무뚝뚝한 성격이 득이 될 때도 있다. 관계를 맺는 사이에 '의외로 좋은 사람이구나.' 라고 다시 보는 경향이 있기 때문이다. 처음부터 너무 착하고 붙임성이 있으면 관계가 깊어질수록 '뭐야, 이런 인간이었어.' 하는 실망감을 안겨줄 수도 있다.

실적이 좋은 세일즈맨은 고객에게 지나치게 가까이 다가가지 않는다. 자기가 다 드러나지 않도록 경계하는 것이다. 일류 세일즈맨들을 상대로 연수를 하다보면 그런 느낌을 자주 받는다. 첫 대면부터 지나치게 붙임성이 좋아 '뭐가 이렇게 좋지. 이 양반은' 하고 느껴지는 세일즈맨에게서는 얼마 지나지 않아 부담감이 느껴진다.

그러나 시종일관 사람 좋은 얼굴로 붙임성 있게 행동하는 게 좋은 경우도 있다.

자기가 싫어하는 사람, 깊은 관계를 맺고 싶지 않은 사람과 함께 있을 때이다. 일종의 방위 행위로써 인위적으로 화기애애한 분위기를 조성하는 작전이다.

붙임성을 하나의 본심을 감추는 전술로 이용하는 것이다. 이 사람과 특별한 관계를 맺을 마음은 없지만 적대관계로 남고 싶지도 않을 때 구사한다. 치켜세우기나 아부성 발언이 그 예다.

개중에는 적당히 애교를 떠는 것조차 용납을 못하는 '진지한 사람'도 있다. 억지로 애교를 떨지 않아도 지금까지 아무 문제없이 살아온, 어떻게 보면 축복받은 환경에서 자란 사람들이 그렇다.

의리와 정직만을 최우선으로 생각하고 무방비 상태로도 얼마든지 살아갈 수 있다고 생각한다면 실패하기 십상이다. 이보다 중요한 것이 유연성이다.

처음부터 지나치게 붙임성 있게 다가가면 그만큼

상대방을 실망시킬 확률도 높다.

일류 세일즈맨일수록 첫인상은 신비하게.

28
시나리오를 준비한 뒤 상황에 맞게 대화를 이끌어가자

'있는 그대로의 내 모습을 보이면 되겠지' '너무 계산적으로 하지 말자' '내 성의를 알아줄 거야.' 물론 틀린 말은 아니다. 그렇다고 다 맞는 말도 아니다. 있는 그대로의 내 모습을 보여도 좋을 때와 그렇지 않을 때가 있다.

TPO(Time, Place, Occasion)에 맞는 대화

나이는 젊은데 소박한 차림을 한 여성 고객이 있다. 카운슬러는 속으로 '수수하네.' 하고 생각하지만 입으로는 발설하지 않는다. 그러나 상황이 되었을 때 "당신은 자신이 여성이라는 사실을 어떻게 생각하나요?" 하는 질문을 던지려고 기회를 보고 있다. 계획 없이 그 때 그 때 형편에 따라 질문을 던지지는 않는다. 상대방이 받아들일 수 있는 상황이라고 생각할 때 지체 없이 준비해둔 질문을 던진다.

비단 카운슬러의 세계에만 국한되지 않는다. 일상생활에서도 이 원리는 통용된다. 카운슬링과는 달리 바꾸어야 한다거나 고쳐야 한다는 의도보다는 자기를 알아주길 바라는 장면에서 많이 보인다.

자기 생각이나 감정, 상황을 상대방이 알아주길 바란다면 여차저차 상황이 되었을 때 즉시 여차저차 말하겠다고 마음속으로 미리 계획해두는 것이 좋다. 안 그러면 마음에도 없는 말이 불쑥 튀어나와 나중에 후회할 일이 생긴다.

가령 어느 연수회에서 한 사람을 지명해서 질문을 던졌다.

그런데 우물쭈물 대답하는 통에 다시 두 번째 사람을 지명해서 똑같은 질문을 했다. 이번에는 무릎을 탁 칠만한 멋진 대답이 돌아왔다.

"상당히 머리 회전이 빠르시네요." 나도 모르게 이렇게 말하고 말았다. 나중에 다른 사람에게 들으니 첫 번째로 지명 받았던 수강생은 '당신은 머리가 나쁘군요.' 라는 말을 들은 것처럼 기분이 상했다고 한다.

그는 나를 원망하고 있음에 틀림없다. 수십 년 교수생활을 하면서 이럴 때는 이런 말로 칭찬을 하는 게 좋다 정도는 연구해 두었어야 했다. 참으로 범재(凡才)의 우가 아닐 수 없다.

어떤 때 '시나리오'를 준비해야 할까?

일상생활의 장면은 무궁무진하다.

매순간을 위해 대사를 준비해놓을 수는 없다. 인생을 머리로만 사는 것은 그리 즐거운 일이 아니다. 역시 '있는 그대로의 나'를 기조에 놓고 사는 쪽이 편하다. 그렇지만 적어도 다음과 같은 장면에 대비해서는 미리 '시나리오'를 준비해두는 게 현명하다.

(1) 자기가 책임을 질 수 없는 경우

가령 "부장님이 명령하시면 그대로 하겠지만 사후처리는 저의 역량으로는 부족하니 다른 사람에게 맡겨주시면……."

(2) 자신의 권한이 미치지 않는 경우

"그 일에 대해서 저는 정식으로 들은 바가 없습니다만……."

(3) 손해를 보고 싶지 않는 경우

"그것은 세금, 식·음료비, 회식비 등을 전부 포함한 비용입니까?"

(4) 인격에 상처를 입었다고 느꼈을 경우

"무슨 뜻이지요?" "그것은 추론인가요? 사실인가요? 사실이라는 증거가 있나요?"

위의 네 장면의 공통점은 자기 자신을 지킬 필요가 있다는 것이다. 연애를 하면서 상대방을 호텔로 데리고 들어가기 위해 시나리오를 준비하는 사람이라면 먼저 그 인간성부터 의심해보아야 한다. 나의 이익을 위해 상대방을 움직이기 위한 시나리오라면 준비하지 않는 편이 낫다. 그래야 페어 정신에 위배되지 않는다.

그럴 때는 '있는 그대로의 내 모습' 으로 승부를 한다. 뜻하는 대로 이야기가 술술 풀리면 그보다 좋은 일은 없겠지만 만약 그렇지 못해도 할 수 없다고 미리 마음의 각오를 해야 한다.

사람의 마음을 움직이고자 할 때는 정직과 열의로 맞서자.
나 자신을 지킬 필요가 있을 때는 시나리오를 준비하자.

29

규칙을 확실히 정하자

심리치료나 카운슬링을 시작할 때는 치료계약이나 작업 동맹이라고 해서 무엇을 위해 면접을 하는가(예…다른 사람 앞에서 지나치게 떨지 않기 위해), 이를 고치기 위해 무엇을 해야 하는가(예…카운슬러가 과제를 내고 클라이언트는 이를 충실히 수행한다), 어떤 안건으로 면접을 지속할 것인가(예…면접료, 횟수, 시간, 장소) 등을 정하는 관례가 있다.

이런 정해진 관례가 없으면 카운슬러와 클라이언트가 사적인 대화로 빠질 위험이 있기 때문이다.

합리주의는 감정의 뒤얽힘을 막는다

부부와 부모 자식, 상사나 부하, 동료들 사이에서도 마찬가지다. 가령 연수회를 할 때 나는 본론에 들어가기 전에 다음과 같은 조건을 단다.

"질문은 가능한 한 수업 중에 해 주세요. 휴식시간에 질문을 하고 싶은 분은 종이에 써서 제 테이블 위에 올려놓으세요. 휴식시간이 끝나면 대답을 하도록 하겠습니다." 라고.

휴식시간에 누가 질문을 하러 오면 쉴 시간이 없어지기 때문이다.

인간미가 결여된 듯 보이기도 하겠지만 이 정도의 구분은 인생에서 필요하다.

다른 사람에게 일을 부탁할 때도 마찬가지다. 어떤 일을 도와주었으면 하는지, 어느 정도의 결정권이 주어지는지, 보수는 어느 정도인지 분명히 정해놓지 않으면 도움을 받으려고 한 것이 오히려 일을 더 복잡하게 만들거나 너무 간섭을 해서 도무지 누가 책임자인지 모르게 되는 상황이 벌어질 수 있다. 이래서야 서로 불쾌한 마음으로 헤어질 게 뻔하다.

시어머니와 며느리가 한 집에서 살 때도 어느 정도 규칙과 계약을 정해놓아야 한다. 그렇지 않으면 며느리 스케줄은 안

중에도 없이 시어머니가 친구들을 초대한다거나 하는 불상사가 생길 수 있다. 기대하고 있던 학교 엄마들 모임을 포기하고 씩씩거리며 시어머니 친구들 뒷바라지를 해야 하는 며느리의 마음이 오죽 하겠는가?

어떤 규칙을 정해놓아야 할까?

계약(규칙)을 정하자고 하면 어쩐지 '깍쟁이' '얌체'와 같이 부정적인 인상을 줄 것만 같아 망설이는 경향이 있다. 그러나 관계를 무리 없이 오랫동안 지속하기 위해서는 필요한 부분이다.

그렇다면 무엇에 대해 규칙을 정해놓는 것이 좋을까? 포인트는 세 가지다.

첫째, 누구에게 어떤 권한과 책임이 있는지 분명히 한다.

모임장소나 회비 결정은 간사에게 일임한다, 장례식 총지휘는 숙부에게 맡긴다는 식이다.

둘째, 소유권을 분명히 해둔다. 소유권이 불분명하면 오해가 생기기 쉽다.

결혼한 뒤 혼수로 가지고 온 피아노나 컴퓨터를 멋대로 처분하지 않는다, 남에게 빌려온 책을 맘대로 다른 사람에게 빌려주지 않는다, 다른 사람이 맡긴 돈에는 일체 손을 대지 않는다 등. 비록 연필 한 자루라도 상대방의 물건을 소중히 다루는 것은 상대방에 대한 경의 표현과도 같다.

셋째, 시간이다.

남편(아내)의 본가를 방문했을 때는 저녁식사 후 2시간 후에 자리를 뜬다든가, 합숙이나 단체여행을 갔을 때는 몇 시 이후부터 자유행동이 가능하다든가 등.

다른 사람에게 일을 부탁할 때는 "언제까지 가능할까요?" 하고 묻는다. 묻기 어려울 때는 적당히 때를 봐서 인사하러 간다. 시간관념이 없는 약속은 불신의 씨앗이 된다.

그러나 약속한 시간에 맞춰 부하나 동료가 움직여주지 않을 때가 있다. 이럴 때는 내가 할 수 있는 일은 없는지 묻고, 일을 함께 처리하겠다는 자세를 보인다. 짜증내면서 기다리는 것보다 정신 위생에 훨씬 좋다.

기한, 목적, 조건 등 규칙을 분명히 정해두는 것이 인간관계를 엉키지 않게 하는 비결이다.

30
결단력을 기르자

홍차를 드시겠습니까? 커피를 드시겠습니까? 하는 질문에 '음……'만 할 뿐 얼른 대답하지 못하는 사람이 있다. 홍차나 커피 정도면 다행인데 취직할지 진학할지, 결혼할지 말지 하는 문제를 결단 내리지 못하고 흘러가는 분위기에 맡기는 사람은 문제가 아닐 수 없다. 애매하고 미적지근한 사람은 이런 사람을 말한다. 반면 금방 결정은 잘 내리지만 금방 마음을 바꾸는 조령모개(朝令暮改 : 아침에 법령을 내렸는데 저녁에 고친다는 한자성어) 타입이 있다.

판단을 내리지 못하는 진짜 이유

우유부단한 마음속에서는 상반되는 두 개의 마음이 싸우고 있다는 심리학설이 있다. 홍차도 마시고 싶고 커피도 마시고 싶은 마음이 갈등을 일으키고 있는 것이다.

그러나 내 생각은 조금 다르다. 미래에 대한 계획이 없기 때문이라고 생각한다. 가령 고향에 돌아가서 노부모와 함께 살겠다고 계획을 세운 청년이라면 그 조건에 맞지 않는 이성과는 결혼하지 않겠다고 처음부터 방침을 세우고 있을 테니 어떤 사람과 결혼할지 안할지 즉시 결정이 가능해진다. 그 때 그때 형편에 따라 결단을 내리려고 하다 보니 불안하고 석연치 않은 느낌이 지워지지 않는다.

결단이 빠른 사람은 평소부터 생각을 해놓고 있는 사람이라고 할 수 있다.

가령, '이 청년은 좀 더 세상을 경험하는 게 좋겠어.' 하고 평소에 생각하고 있었다면 "저는 자원봉사활동을 하고 싶어요." 하고 상담하러 왔을 때 주저 없이 "그거 참 좋은 생각이군." 하고 말해줄 수 있다.

그렇기에 배짱이 두둑한 사람은 세심한 사람일 확률이 높다. 만일에 사태에는 어떻게 하는 게 좋은지 정도는 생각하고 있기 때문에 배짱이 생긴다.

그렇지 않으면 배짱이 두둑한 사람이 아니라 조잡한 사람
이다.

왜 조령모개가 되는가?

한편 결단력은 있지만 결단을 내린 다음 그것을 자주 번복하
는 사람이 있다. 이런 사람과 있으면 에너지 낭비가 크다.

대개는 '세상을 모르거나' '자기 자신을 잘 모르는' 사람이다.

세상을 모르는 사람은 외부 세계에 대한 정보가 부족한 사람
이므로 암흑 속을 손으로 더듬어가며 걷고 있는 형상이다. 이
는 만성적인 자신감 결여로 이어진다. 조금만 잡음이 귀에 들
어와도 기가 꺾이고 만다. 미드웨이 해전(1942년 하와이 북서쪽 미
드웨이 앞바다에서 있었던 미·일 양군 사이의 해전, 미드웨이 해전에서의
패배로 일본은 전국의 주도권을 미군에게 빼앗기게 되어 전쟁 수행상 중요
한 전환점이 되었다)에서의 패배와 같은 꼴이다. 적의 상황을 모
르기 때문에 어뢰를 준비해야 할지, 폭탄을 준비해야 할지 몰
랐던 것이다. 이 시간적 손실이 수천 명의 목숨을 앗아갔다 해
도 과언이 아니다.

아무리 평화로운 시대라도 세상의 움직임을 제대로 파악해 놓지 않으면 미드웨이 해전 때처럼 갈피를 잡지 못하고 헤매게 된다. 정보 수집을 위한 귀동냥이나 독서는 그래서 중요하다.

자기 자신을 잘 모르는 사람도 헤매기는 마찬가지다.

자신의 능력이나 흥미를 모르기 때문이다. 자기에게 어느 정도 능력이 있는지 모르기 때문에 일을 받아놓고도 불안에 떨다가 결국 회의하기로 한 날이 되어서야 거절하는 사태를 초래한다.

그러므로 평소에 자기가 할 수 있는 일은 무엇인지, 할 수 없는 일은 무엇인지, 하고 싶은 일은 무엇인지, 하고 싶지 않은 일은 무엇인지를 자문자답해보아야 한다. 만약 할 수 없는 일 일색이라면 어떻게 하면 하나라도 해낼 수 있는지 연구하고 노력해야 한다.

평소에 정보를 수집하고 자기 자신의 능력이나 방침에 대해 생각을 정리해두자.
그러면 우유부단도, 조령모개도 피할 수 있다.

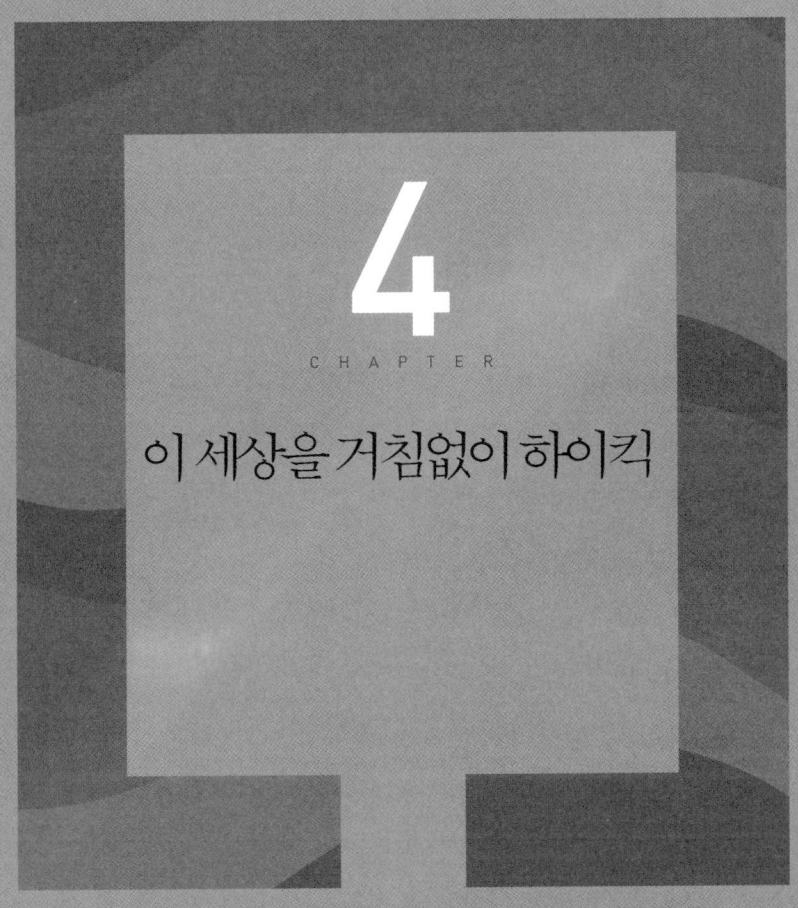

4
CHAPTER

이 세상을 거침없이 하이킥

다시 생각하고, 다시 설계하고 다시 짓자

31
기개 없는 '애늙은이' 에서 탈피하자

1930, 40년대에 학교를 졸업한 사람들은 '청년이여, 야망을 가져라!' 라고 배웠다. 그러나 한창 나이이면서도 야망이 없어 심리적으로 늙은이에 가까운 사람이 있다. 반면 고령자이면서도 청년과 같이 생기가 넘치는 사람도 있다. 언제까지나 젊고 활기 넘치는 인생을 살아가는 비결은 무엇일까? 이에 대해 한 번 생각해보자.

먼저 하고 싶은 일을 해보자

그 해답을 아기들 속에서 찾아보자. 아기들은 늘 들썩거리고 명랑하다. 활기가 넘친다. 좋아하는 일만 하기 때문이다. 누구나 좋아하는 일을 할 때는 생기가 넘친다. 골프, 마작, 술, 데이트 등, 좋아하는 일을 하고 있을 때의 자기 자신의 모습을 떠올려보기 바란다.

반대로 의리상 어쩔 수 없이 하기 싫은 일만 하고 사는 사람도 있다. 상사나 부모의 기대에 부응해야겠다는 생각에 억지 인생을 사는 사람이다. 이른바 품행이 방정한 사람, 나무랄 데 없는 사람, 착한 모범생, 부모 말이라면 껌벅 죽는 우등생 중에 이런 부류가 많다. 도가 지나치면 늙는 속도도 빨라진다.

뭐든지 세상에 맞추기 위해 자기 자신을 지나치게 희생하는 사람은 금방 늙는다. 한마디로 '애늙은이'가 된다.

그렇다면 어떤 사람이 젊은 사람일까? 관례나 관습에 맞추면서도 자기가 좋아하는 일을 하는 사람이다. 자기가 좋아하는 일만 하는 사람은 활기는 넘치지만 아직 유아기에서 벗어나지 못한 사람이다. 지긋한 연배이면서 젊음과 생기가 느껴지는 사람을 잘 관찰해보면 천진한 아이들처럼 감정을 발산하는 재능이 뛰어나다.

그러나 내가 정말로 무엇을 하고 싶은지조차 모르는 사람이 있다. 자기 또는 타인의 규제 속에서 오랫동안 생활하다보면 이렇게 되기 쉽다. 이런 사람은 어찌해볼 도리가 없다. 현재를 살아가는 젊은이들 중에 여기에 해당하는 경우가 많다. 안타깝기 그지없는 노릇이다.

네 가지 채널을 열어놓고 늘 자극을 받아들이자

이를 극복하기 위해서는 평소에 다양한 자극을 맛보는 것이 중요하다.

구체적으로는 신체, 인식, 행동, 감정 이 네 가지 채널을 통한 자극이다. 이 네 가지 채널을 항상 열어놓으면 자기가 좋아하는 일, 하고 싶은 일이 무엇인지 자연스럽게 떠오르리라.

신체 —— 몸이 건강하지 않으면 당연히 활력도 끓어오르지 않는다. 식사, 수면, 스포츠, 취미 활동 등을 통해 신체 리듬을 최적으로 유지할 수 있는 방법을 연구하자. 나이를 무색케 할 정도로 활기가 느껴지는 사람은 몸도 건강하다.

인식 —— 독서, 대화, 공부, 견문 등 지적세계(인식)가 풍요로우면 감정이나 행동에도 변화가 온다. 끊임없이 새로운 욕구가 끓어오르기 때문이다. 인지요법이라 불리는 카운슬링 학설은 이 인식 채널에 초점을 맞춘 학설이다.

행동 —— 마음에 없이 시작했더라도 물리적으로 어떤 행동을 하는 동안 뜻밖의 감흥이 생기는 경우가 종종 있다. 과묵한 사람이라도 접객 업무를 하는 동안 다른 사람과의 대화에 흥미를 느끼게 되는 게 그 좋은 예다. 그러므로 일단 몸을 움직여 무엇인가를 하는 것이 중요하다.

감정 —— 아무리 무감정한 사람이라도 비행기가 추락할 때는 공포를 느낀다. 감정의 소용돌이에 그다지 휘둘리지 않는 사람이라도 엉뚱한 곳으로 좌천이 되면 화가 난다. 그러므로 일부러 감정이 동요를 일으키는 상황에 처해보는 것도 의미가 있다. 평온하다고 다 좋은 것만은 아니다.

젊고 생기가 느껴지는 사람은 늘 다양한 채널을 통해 자기가 좋아하는 일, 하고 싶은 일을 발견하고 창조하는 사람이다.

젊었을 때는 아직 경험이 부족해 자기가 정말로 무엇을 하고 싶은지 잘 모른다. 늘 안테나를 곤두세우고 모색해야 한다. 그러는 과정에 길을 잃고 헤매면서 왠지 모를 불안, 초조함, 우울을 경험하기도 한다. 그렇기에 팔팔한 나이면서도 싱싱함이 느껴지지 않는 젊은이들이 적지 않다. 오히려 흥미나 문제의식이 어느 정도 머릿속에서 정돈된 연장자들에게서 생기와 활기가 느껴진다. 나 자신의 과거와 현재를 비교해 봐도 그렇다. 아마도 나 같은 사람이 많은 건 아닌지 미루어 짐작해본다.

활기 넘치는 사람은 해야 할 일을 하면서 좋아하는 일을 하는 사람.

늘 스스로에게 자극을 주면서 하고 싶은 일을 발견하자!

32
술에 물탄 듯 물에 술탄 듯
어영부영은 금물

삶의 활력과 탄력을 잃지 않기 위해서는 너무나 쉽게 물에
흘려보내지는 것도 좋지 않다.

가슴에 원망하는 마음을 품고 있어봐야 정신 위생에 좋지 않
으니 잊을 건 빨리 잊으라고 말하는 사람도 있다. 그러나 내
생각은 조금 다르다. "지난 일을 잊어주게." 하고 사과한 경우
에라도 물러날래야 물러날 수 없는 부분은 술에 물탄 듯 물에
술탄 듯 어영부영 넘어가서는 안 된다. 그래야 활력을 유지할
수 있다.

불쾌감을 활력의 원동력으로

내 인생에서 카운슬링은 쉽게 물러날 수 없는 분야다. 나의 카운슬링을 '인간부재(기술지향이라는 의미)의 카운슬링' 이라고 평가 한 사람이 있었다. 어느 날 나를 그렇게 평가한 사람의 대리인이 와서 '지난 번 그 말을 잊어 달라' 고 했다. 그러나 나는 흔쾌히 오케이하지 않았다. 그 때의 불쾌감이 그 후의 저작 활동의 원동력이 되었다. '인간부재의 카운슬링' 이야말로 인간존재의 카운슬링이라는 사실을 어떻게 해서든지 논리적으로 증명하기 위해 집념을 불살랐다.

또 한 번은 어떤 파티에서 열 살 정도 어린 한 작가로부터 "고쿠부 씨의 책은 수필에 가까워요." 하는 말을 들었다. 너무나 직설적인 표현에 화가 치밀어 올랐다. 조금 치켜세워준다고 어디가 덧나냐고! 하는 심정이 되었다.

"수필이 무슨 문제가 되느냐, 수필 형식의 자기계발서야 말로 일반 교양담당 교수인 내가 집필하기에 딱 맞지 않는가." 하고 반문했다. 덕분에 수필 형식의 자기 계발서를 30권이나 더 쓸 수 있었다.

이런 불쾌감을 석탄처럼 연료로 쓰는 것이다. 간단히 흘려버리면 활력의 원동력도 같이 흘러가버린다. 자기 하고 싶은 대로 다 말하고는 "아까 그 말, 잊어버리라고." 하는 가벼운 인간에게 "벌써 다 잊어버렸어." 하고 응대하는 인간은 더욱 가벼운 인간이다. 호인 취급을 받지 않은들 어떤가. 내면에 불태울 것이 있는 인간은 호인 취급을 받기 힘들다.

원망이나 불쾌감을 승화(심리학에서 충동과 욕구를 예술 활동, 종교 활동 등의 사회적·정신적 가치가 있는 것으로 발산하여 충족하는 일)시키면 된다.

어영부영 흘려버리고 나서 득도한 얼굴을 하는 것은 '가면 얼굴'이며 '애늙은이 얼굴'이다.

작은 일은 흘려버려라

그러나 모든 것을 다 가슴에 담아두라는 말은 아니다. 가슴에 묻어두어 봤자 전혀 득이 안 되는 것들은 흘려버리자. 내 인생에서 별반 문제될 게 없는 사안이라면 빨리 잊는 게 상책이다.

예를 들어, 친한 친구가 나한테는 말도 안하고 혼자 골프를 치러 갔다던가, 빌려간 책을 돌려주지 않은 채 이사를 가버렸다던가, 파티나 회의에 나를 초대하지 않았다던가 등등. 순간적으로 마음이 상하겠지만 인생의 중대사는 아니다. 마음속에 담아놓는다 해서 내 인생에 도움 될 게 하나도 없다. 타지 않는 석탄과 같은 것이다.

그렇기에 평소에 내 인생의 중대사는 무엇인지 늘 의식하는 것이 중요하다. 한신은 불한당의 가랑이 사이를 기었지만 그때의 불쾌감은 바로 물에 흘려보냈으리라. '불한당에게 복수' 하는 일 자체가 그의 인생에 하등 영향을 미치는 일이 아니었기 때문이다.

속된 말로 '뚜껑이 열릴 때'는 우리 인생의 중대사가 아닐 때가 많다. 어찌 되든 별 상관없는 일, 금방 잊어버려도 되는 일이 많다.

마음속으로 집념을 불태울만한 불쾌감은 표면적으로는 조용하다. 미국 사람들은 진주만 사건을 사교적인 자리에서 거론하면서 붉으락푸르락 하지 않는다. 그러나 마음속으로는 '진주만을 기억하라'고 외치고 있을지도 모를 일이다.

나도 모르는 사이에 지금까지 적지 않은 사람에게 원한을 사 왔으리라 생각한다. 그 사람들이 '벌써 다 잊어버렸어요.' 하고 말해준다면 나의 죄책감은 경감된다. 마음이 편해진다. 그러나 그것으로 인간으로서의 성장은 멈춘다.

상대방이 물에 흘려버리지 못하고 가슴에 담고 있는 경우에는 내 힘으로 죄책감을 덜기 위해 노력한다. 그 노력 덕분에 인간은 성장하는 것이라고 나는 생각한다.

'뚜껑이 열릴' 때는 대개 인생의 중대사가 아닐 때가 많다.

얼른 물에 흘려보내자.

그러나 정말로 중요한 사안은 물에 흘려보내지 말고

가슴에 담아두자.

33
비난을 그대로 받아들이지 말자

스스로 자신의 에너지를 빼앗는 경우가 있다. 다른 사람에게 비난을 받았을 때다. 자식이 당연히 부모를 모셔야지 무슨 소리냐, 며느리가 어디서 시어머니한테 말대꾸를 하느냐, 과장이면서 이 정도 결단력도 없어 어떻게 할 참이냐 등등, 추궁과 비난을 당하면 자책하면서 '난 안 돼' 하고 침울해진다.

무시해도 좋은 비난

그러나 비난이라고 다 같은 비난이 아니다. 진지하게 받아들여야 할 비난과 무시해도 좋은 비난이 있다. 그것을 식별할 줄 알아야 한다. 그렇지 않으면 열등감, 자아비난, 자기혐오에 빠질 위험이 있다.

무시해도 좋은 비난은 상대방이 자신을 보루로 책임을 전가시키는 경우다.

'너희들이 함께 살자고 해서 왔다'고 아들 자식에게 책임을 전가시키는 노인. 아들 부부는 자기들이 부모를 불행하게 만든 건 아닌지 속으로 끙끙 앓는다. 이 노인처럼 책임을 다른 사람에게 전가시키는 심리를 전문용어로 투영이라고 한다.

달변가는 주변 사람을 악인으로 몰아 자기를 세우려고 한다. 그런 놀음에 놀아나서는 안 된다. '죄송합니다' 하고 끝내는 편이 무난하다고 생각할 때는 그렇게 하되 속으로는 '이 바보야!' 하고 그 교활한 속내를 간파해야 한다.

진지하게 '죄송합니다' 하지 않는 편이 낫다. 자기는 자기가 지켜야 한다. 그렇지 않으면 점점 자신감을 잃고 만다.

비난을 진지하게 받아들일 필요가 없는 두 번째 경우는 그 비난이 당사자의 개인적 취향에 지나지 않는 경우다.

"미국 유학 갔다 온 사람들은 마음에 안 든다 말이야." "○○ 출신들은 어쩐지 영……" 하는 말에 가슴이 '쿵' 할 필요는 없다. 그렇게 말하는 인간의 개인적 취향에 지나지 않는다.

장미보다 벚꽃을 좋아한다고 해서 장미를 탓할 수는 없지 않은가. 이와 같은 논리다. 그런 사람을 만나면 '○○출신이나 미국 유학 출신을 싫어하는 인간이 나는 싫다'고 속으로 생각하면 그만이다.

좋고 나쁨의 감정은 개인의 자유다. 내가 좋아하는 걸 상대방이 좋아하지 않는다고 비난할 수는 없다. 다른 사람에게 폐를 끼치지 않는 한 서로의 취향을 고사할 자유는 있는 법.

진지하게 받아들여야 하는 비난

한 귀로 듣고 흘리지 말고 진지하게 받아들여야 하는 비난이란 다른 사람에게 폐를 끼치는 언동을 지적받았을 경우다. 이때 비난을 면하기 위해 도망쳐서는 안 된다. 앞으로 어떻게 행동해야 하는지 진지하게 생각해볼 일이다.

그러나 이럴 때도 자신의 잘못을 인정하되 자기 비하에 빠져서는 안 된다. 행동(행위)과 인격을 동일시하지 말라는 말이다.

'나는 안 돼' 하는 자책이 아니라 '나의 언동을 어떻게 고쳐야할까?'를 고민해야 한다.

반성하는 사람을 앞에 두고 계속 비난을 퍼붓는 사람은 없다. 그러나 그것으로 문제가 해결되는 것은 아니다. 구체적인 개선안을 고민하지 않으면 한 번 고개를 끄덕이고 끝날 공산이 크다.

비난의 소리에 휘청거리는 사람과 다시 일어서는 사람의 차이는 무엇일까? 스스로 인격자라고 생각하는 사람일수록 비난을 견디는 힘이 약하다. 모범사원일수록 비난과 질책에 풀이 죽는다. 그러나 평소에 자신을 어영부영한 인간이라고 생각하는 사람은 비난을 받아도 '한 소리 들어 마땅하지 뭐.' 하고 가볍게 생각하기 때문에 충격도 적다.

'내가 실적은 좋지만 실적이 나쁜 동료보다 인격적으로 훌륭하다고는 할 수 없잖아' 하면서 늘 자신을 돌아보는 자세가 필요하다.

상대가 책임을 전가할 때, 개인적으로 취향이 맞지 않는다고
비난할 때는 한 귀로 듣고 한 귀로 흘려버리자.
그러나 자신의 행동에 잘못이 있을 때는
그 행동을 반성하고 고치자.

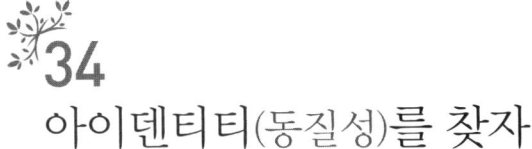

34
아이덴티티(동질성)를 찾자

뿌리 없는 풀 같은 존재(rootless being)라는 말이 있다. 신을 믿는 사람들에게는 마음의 안식처, 귀의의 대상이 있다. 그러나 신을 믿지 않는 실존주의자는 나 자신밖에 기댈 곳이 없다. 내가 내 인생의 주인공이다. 이것이 바로 뿌리 없는 풀 같은 존재를 의미한다.

기댈 곳 없는 인간은 존재감을 느끼기 힘들다

뿌리 없는 풀 같은 인간은 어디에 의지해야 할까? 바로 아이덴티다.

아이덴티티란 나란 인간은 누구인가를 의식하는 일이다. 이 의식이 우리의 삶을 지탱해준다.

스물다섯 살 전후, 대학은 나왔지만 직업이 없었던 나는 아내가 벌어온 돈으로 생활해야만 했다. 학생도 아니고 제대로 된 사회인도 아니고, 남편이라는 이름만 있을 뿐 가장 노릇을 하지 못했다. 그렇다고 어디가 아픈 것도 아니고. 나만 세상에 붕 떠 있는 듯한, 말하자면 존재감을 전혀 느끼지 못한 시기였다. 돌이켜 생각해보면 이때가 아이덴티티를 갖지 못했던 최초의 경험이 아니었을까 싶다.

그 후 짐짓 정신분석자인 체하며 카운슬러가 되어 분발했지만 점점 정신분석 이외의 학파에도 빠져들면서 내가 정신분석자인지 아닌지 도무지 갈피를 잡지 못하는 상태가 한동안 계속된 적도 있다. 카운슬링을 하기조차 힘겨운 슬럼프가 닥쳐온 것이다. 아이덴티티의 혼란기였다고나 할까.

이처럼 나는 누구인가를 자각하고 안 하고는 존재감을 느끼는가 못 느끼는가, 고난을 극복할 수 있는가 아닌가를 결정하는 근거가 되는 매우 중요한 포인트가 된다.

가령

'나는 사장이다'

'나는 삼남매의 엄마다'

'나는 장남이다'

이런 식의 아이덴티티가 있기 때문에 상황의 변화와 고난 속에서도 힘을 발휘할 수 있는 것이다.

영원한 마음의 고향을 갖자

그런데 나는 부장이다, 교수다, 부모다 하는 의식은 있지만 그것이 별반 삶의 근원이 되지 않는 사람이 있다. 마음의 고향, 마음의 안식처가 될 정도의 중량이 없기 때문이다. 오히려

'나는 크리스천이다'

'나는 심리학자다'

'나는 미국에서 왔다'

와 같은 의식이 훨씬 강해 이를 마음의 안식처로 삼는다. 즉, 사장, 교수, 부모라는 '역할' 보다 크리스트교라는 사상, 심리학이라는 학문, 과거에 속했던 미국이라는 집단이 마음의 안식처(고향)가 되는 사람들이다.

아이덴티티의 내용은 사람마다 다 다르다. 단지 많은 사람들이 직업상의 역할을 아이덴티티의 근원으로 삼고 있을 뿐 그렇지 않은 사람도 있다. 본업이 의사이면서 본인은 작가라고

생각하는 경우도 있다.

'나는 ○○이다'라고 스스로에 대한 정의를 확실히 해두는 것이 중요하다. 회사는 이윤을 추구하는 영리조직이라고 정의를 내리듯 '나는 ~이다'라고 정의를 내릴 수 있어야 한다.

여기서 반론이 나올 소지가 있다. 가령 '나는 이 회사에 없어서는 안 될 영업부장이다'라고 정의를 내렸지만 정년퇴직을 하고나면 사라질 정의가 아니냐 하는 문제다. 지당한 말씀. 도로아미타불 상태로 돌아가 허무감과 무력감의 포로가 될 위험이 도사리고 있다.

그러므로 평소에 지금 자신이 가지고 있는 정의가 통용되지 않게 될 때 나는 누구인가 하는 문제를 끊임없이 고민해야 한다.

배우자가 사망하는 그 순간부터 남편 혹은 아내로서의 역할은 사라지고 만다. 남편 혹은 아내가 없을 때를 상정(想定)하며 가끔 살아봄으로써, 부장이 아닌 나로서 살아봄으로써, 부자가 아닌 나로서 살아봄으로써 아무 것도 없는 삶의 한 가운데 놓였을 때를 상상했을 때 내 모습은 어떤지, 나는 누구인지 자문자답해볼 일이다. 이것이 또 하나의 마음의 고향이 될 터이다.

나는 누구인가, 역할을 빼고 생각해보자.
아이덴티티를 확립하면 강인해진다.

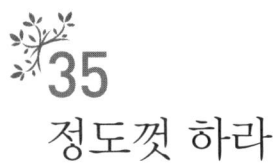

35
정도껏 하라

정도껏 하라는 말을 영어로 하면 Don't be so fussy가 된다. 나의 고향 가고시마 사투리로는 '테게테게데요카' 라는 말을 쓴다. 한 가지 일에 지나치게 몰두하며 기력을 다 써버리는 사람이 많다. 처음에는 에너지가 넘치는 것처럼 보이지만 그만큼 탈진도 빠르다. 최근에 신조어로까지 등장한 번 아웃 신드롬(burn-out syndrome), 앞에서 언급한 탈진증후군 환자가 여기에 해당한다.

세 가지 '해야 한다 주의'에서 해방

연료가 다 타버려 탈진하지 않기 위해서는 어떻게 해야 할까? 즉, 활력을 장기 보존하기 위해서는 어떻게 해야 할까? '해야 한다 주의 musterbation (반드시 해야 한다는 강박관념을 마스터베이션(masterbation)에 비유한)'에서 자기를 해방시켜야 한다. 해야 한다 주의는 주로 다음의 세 가지가 있다.

첫째는 '나는 어떠어떠해야 한다.'고 생각하는 사고다.

나는 부하에게 존경을 받아야 한다, 나는 부장이 되어야 한다, 나의 영업소는 회사에서 인정을 받아야 한다와 같은 식이다. 이런 생각이 바탕에 깔려있으면 강박적이 되는 것은 자명한 일. 끊임없는 불안과 초조에서 벗어나기 힘들다. 새로 연료를 넣기 전에 다 타버리고 만다.

'해야 한다'를 '하고 싶다'나 '하면 좋겠지만'으로 수정해야 한다. 예를 들면 '반드시 부장이 되어야 한다.'고 비장한 각오를 하는 게 아니라 '부장이 되고 싶다!' 혹은 '부장이 되면 얼마나 좋을까' 하고 소망과 염원에 대한 수위를 낮추는 것이다. '머스트(must)'에서 '원트(want)'로, 혹은 '반드시(necessary)'에서 '…하면 좋겠다(preferable)'로 사고의 초점을 전환한다.

둘째는 '다른 사람은 나에게 어떠어떠해야 마땅하다'고 생각하는 사고다.

부하는 나를 결혼식에 초대해야 마땅하다, 장남이 부모를 모시는 게 마땅하다 등등. 이런 사고의 소유자는 자기가 원하는 대로 다른 사람이 움직여주지 않으면 불만을 품는다. 그리고 불만을 반복해서 스스로에게 주입시키거나 다른 사람에게 하소연한다. 그 말을 듣는 주변사람들도 진절머리가 날 뿐 아니라 본인도 피곤해진다. 건설적인 곳에 소모해야 할 심적 에너지를 푸념하는데 다 써버리기 때문이다.

셋째는 '인생은 나에게 어떠어떠해야 한다.'고 생각하는 사고다. '나는 훌륭한 반려자와 짝을 맺어야 한다.' '나 같은 유능한 사람을 사회는 기용해야 한다.'는 식이다. 이런 사람은 세상이 자기를 위해 돌아가야 한다고 착각한다. 앞의 사례와 마찬가지로 한탄만 하다가 에너지를 다 소진해버리는 타입이다.

사고를 수정하자

해야 한다 주의에서 해방되기 위해서는 앞에서 말한 바와 같이 '해야 한다'를 '하고 싶다' '하면 좋겠지만'으로 사고를 수

정해야 한다. 이런 나의 제언에는 어떤 철학이 담겨 있다. 다름 아닌 '사실에 근거해 생각하고 행동하는 인간이 건전한 인간'이라는 현실주의 인생관이다. 그러나 현실주의를 선택했다고 해서 다른 철학, 예를 들어 관념론이라든가 실존주의를 거부해야 한다는 말은 아니다. 카운슬링 심리학을 전공한 나는 특정한 이론을 고집하지 않는 절충주의를 지지하는데 이와 같은 맥락에서 인생철학에 있어서도 절충주의를 선호한다. 하나의 주의(전제, 철학)만을 고집해야 한다고 생각하지 않는다. 가령 현실적으로는 손해라는 것을 뻔히 알면서 행동하는 용기, 정의감, 사랑을 높이 평가하는 반면 현실에 맞는 언동을 선택하는 합리성도 강조한다.

그렇다면 현실이란 무엇인가? 그것은 사실 세계를 직시하는 것이다. 아무리 불로장생하고 싶어도 수명은 정해져 있다. 이는 부정할 수 없는 사실이므로 남은 인생을 어떻게 살아야 하는지를 생각하는 것이 현실적이다. 수명이 왜 정해져 있냐고 아무리 떠들고 설쳐봐야 어쩔 도리가 없지 않은가. 내가 말하는 현실주의 인생철학은 이런 것을 의미한다. 염원(예…죽고 싶지 않다)과 사실(예=수명은 정해져있다)을 식별하자. 아무리 떼를 써봐야 아무 소용이 없는 일이므로.

나 자신에게, 타인에게, 또한 인생에 대해

'…해야 한다'는 생각을 버리자.

현실은 생각대로 움직여주지 않는다.

36
긴장감 있는 인간관계로
'나 자신'을 찾자

옛날에는 억압을 강요하는 문화였기 때문에 가끔 무례강을 통해 숨통을 틀 기회가 필요했다. 감정을 발산하지 않으면 정신 건강에 좋지 않기 때문이다.

그렇기에 여행지에서는 무슨 짓을 해도 상관없다는 삶의 방식이 암묵적으로 통했다. 이는 자기 활성화를 위한 생활의 지혜이기도 했다.

타지에서 집안으로

그러나 현대사회는 다르다. 평소 생활이나 여행지에서의 생활이나 다름이 없다. 인구이동이 잦아지면 타인의식이 강해진다. 친척, 부락이라는 의식이 점점 옅어지면서 어디서 무슨 짓을 해도 뒤탈이 없다는 해방감에 젖는다.

그 결과는 어떠한가? 해방감과 함께 만성 고독감에 시달리면서 마음을 터놓을 친구가 없다는 새로운 고민이 수면으로 떠올랐다. 그러므로 삶의 활력을 회복하기 위해서는 여행에서 돌아와 어느 정도 긴장감 있는 인간관계를 조성해야 한다.

억압이 심했던 봉건사회에서는 여행지에서만 맛볼 수 있는 짜릿한 해방감이 있었지만 현대 사회는 다르다. 누구도 우리를 억압하지 않는다. 그러므로 억압과 억제를 필요로 하는 긴장상태를 일부러 조성하여 우리 자신을 돌아보아야 한다.

엔카운터그룹과 같은 그룹 카운슬링은 그 좋은 예이다. 서로의 언행의 자유를 인정하고 속내를 거리낌 없이 드러내는 집단 활동에서는 자신의 언동에 반드시 누군가가 반응하기 때문에 해방감과 함께 다소 긴장감도 감돌기 마련이다. 이런 분위기에 이끌려 매년 참가하는 사람들도 적지 않다.

여행지에서만 맛볼 수 있는 짜릿한 해방감은 '집안에서 타지로' 지만 현대 사회는 이와는 반대로 '타지에서 집안으로' 의 긴장감이 필요하다. 과유불급 즉, 지나침은 미치지 못한 것과 같다는 말이 있듯이 집안 의식이 과도해지면 그 속박에서 벗어나고 싶어지는 것이다. 어디까지나 균형이 중요하다.

여행지에서 일탈을 꿈꾸는 편안한 마음으로 가끔은 긴장(억제, 억압의 심리상태)의 순간을 즐기자. 이것이 현대를 살아가는 지혜다.

그렇다면 이들의 경계를 넘나드는 방법에는 어떤 것들이 있을까?

일을 함으로써 아이덴티티가 정립된다

여행지에서의 일탈이라는 해방감과 들뜬 마음으로 '인생, 뭐 심각할 거 있어, 인생은 게임이야!' 하는 생각과 긴장되고 심각한 순간을 동시에 갖기 위한 방법이 있다.

하나는 일이다.

주부든 교사든, 아니면 자원봉사를 하든 일을 한다는 것은 반드시 타인과 관계를 맺는다는 말이 된다. 그러므로 타인과의 관계 속에서 자기 자신을 돌아볼 수 있다. 자기 자신을 돌아본다는 말은 자신의 아이덴티티(나는 누구인가 하는 의식)가 정립된다는 의미다. 일을 하면 반드시 책임이 수반되므로 심적 부담도 가중되지만 여행지에서의 일탈의 순간에는 맛볼 수 없는 존재감을 얻을 수 있다.

일중독자는 여행지에서 자기 자신과 마주하게 되지만 반대로 여행중독자는 일에 복귀했을 때 자기 자신을 마주할 수 있다. 후자에 해당하는 사람이 의외로 많다.

또 하나는 죽음에 대해 생각해보는 것이다.

죽음을 의식하기 시작하면 자신의 인생을 절실히 돌아보게 된다. 옆집에서 장례를 치르고 있는데 흥겹게 망년회 파티를 여는 사람들의 심리는 완전히 여행자와 같은 삶에 중독되어 있는 상태가 아닌가 하는 생각이 든다. 주의와 주장을 넘어, 가족과 타인을 넘어, 인간의 죽음을 함께 슬퍼할 수 있는 삶의 자세를 가진 사람이야말로 자기 자신을 돌아볼 수 있는 사람이 아닐까.

인간으로서 서로 공존하고 있다는 감각을 잊지 말자. 실존주의에서 말하는 세계내존재(In-der-Welt-sein)란 이것을 의미한다고 나는 생각한다.

억압 없이 편하기만 한 인간관계와 긴장감 있는 인간관계,

양쪽이 균형이 맞아야 안정된 정신 상태를 유지할 수 있다.

37
어떻게 받아들이느냐에 따라
행복지수가 달라진다

행복한 사람과 불운을 탓하는 사람의 차이는 어떤 상황에 놓였을 때 그것을 받아들이는 태도의 차이다. 그들은 같은 상황에서 정반대의 의미 부여를 한다.

남과 다른 특별한 의미 부여를 창조할 때 활력은 저절로 생겨난다.

좋은 쪽으로 해석하는 사람,
나쁜 쪽으로 해석하는 사람

가장 알기 쉬운 예가 부부싸움을 했을 때다. '부부사이에 금이 갔다'고 생각하는 사람과 '비 온 뒤에 땅이 굳는 법. 앞으로 더욱 돈독해질 계기로 삼자'고 생각하는 사람. 당신은 어느 쪽이 맞다고 생각하는가?

과학적인 연구보고서가 없기 때문에 진위를 가리기는 힘들지만 긍정적인 방향으로 생각하는 편이 훨씬 행복함은 당연하다.

그런데 세상에는 무슨 일이든 나쁜 쪽으로만 해석하는 사람이 있다.

시골에 계신 엄마가 상경해서 딸의 냉장고를 청소해주었는데 '왜 멋대로 청소를 하냐고' 언짢아하는 딸이 있다. 본인도 그렇게밖에 받아들이지 못하는 자신을 한심하게 생각한다. 그런데 늘 비슷한 반응을 보인다.

상사가 일부러 생각해서 "내일 유급휴가를 쓰지 그래?"하고 말해줬더니 '내가 회사에 나오는 걸 싫어한다.'고 받아들이는 부하가 있다.

어떻게 하면 적극적이고 긍정적으로 해석할 수 있을까?

쾌락주의를 자신의 인생방침으로 삼는 것이다. 한 번뿐인 인생, 즐겁게 살자는 기본 토대를 만드는 것이다. 보는 것, 듣는 것은 인생을 즐겁게 만드는데 활용하는 방법을 연구하는 것이다. 물을 '바다'나 '저수지' '된장찌개'로 둔갑시켜 소꿉놀이에 빠져 노는 아이의 심리가 되는 것이다.

그러나 억지는 좋지 않다. 정당화는 하지 말자.

정당화하지 말자

정당화란 한 마디로 변명이다. 그 일이 자신의 인생에 어떤 보람을 가져다주는가를 발견하는 일에 의미를 부여해야 한다. 예를 들면 이런 것이다.

부하를 호되게 질책한 상사가 화가 난 자신의 마음을 위장하기 위해서 "다 자네가 잘 되라고 이러는 거야. 사랑의 매로 생각하라고." 한다면 이는 정당화다.

의미를 부여하라는 말은 화가 났으면 일단 그 사실을 인정하고 왜 화가 났는지를 먼저 생각해보라는 말이다. 나잇값도 못했다고 침울해하지 말고 '나름대로 침착한 사람이라고 나를 평가하고 있었는데 그렇게 심하게 화를 내다니. 이번 일을 계기로 꺼림칙하지 않게 질타하는 방법을 연구해봐야겠어.'라고 생각하는 것이다.

이런 식으로 의미 부여를 하려면 어떤 마음자세가 필요할까?

먼저 숨기거나 감추지 말고 솔직하게 문제와 대면한다. 방위

(변명)하지 말아야 한다. 질책한 다음에는 내 삶의 방식 안에서 이번 일에 어떻게 의미를 부여해야하는지 생각해보아야 한다.

그 요령은 인재활용과 비슷하다. 무능하다고 취급받는 사원을 기업목적 달성을 위해 어떻게 활용해야 하는지 고민하는 인사부장의 발상과 비슷하다는 말이다.

지시받은 일밖에 하지 않는 사람이므로 전령계에서는 필요로 할지 모른다고 판단했다면 그 사원에 대한 의미 부여가 성립된 것이다.

친구와 관계가 소원해졌을 때, 상사에게 질책을 받았을 때, 부하에게 발목을 잡혔을 때, 승진에서 탈락했을 때 등등 이런 일들이 자신의 인생에서 어떤 가치가 있는지, 다른 어떤 대안이 있는지, 어떤 계기를 만들어줄 수 있는지를 생각하자. 하나의 봉이라도 그 사용가치는 무궁무진하다. 봉이 봉으로밖에 보이지 않는다면 아직 내공이 부족한 것이다.

어떤 일이든 받아들이는 방법에 따라 좋은 일도 나쁜 일도 된다.
길게 보면 모두 인생에 도움이 되는 일이라고 생각하자.

38
'사실'을 정확히 파악하자

해외여행을 갔을 때 세관에서 조사를 당할 지 안 당할지 모르기 때문에 호기 있게 사고 싶은 물건을 사지 못할 때가 있다. 통장에 잔고가 얼마나 남아있는지 몰라 신용카드 쓰기가 망설여질 때가 있다. 사실을 정확히 파악하고 있는가 아닌가는 매우 중요한 문제다.

사실 확인을 위한 체크포인트

사실이 아닌 것을 사실이라고 단정하거나 잘 알아보지도 않은 채 '~일 거야'라고만 믿기 때문에 쓸데없는 불안에 휩싸

이는 경우가 종종 있다.

이를 방지하기 위해 가능한 한 사실에 근거하여 생각하는 습관을 길러야 한다. 그러기 위해 먼저 지나친 단정은 금물이다.

'그는 무서운 사람이다' 라고 단정 짓지 말고 '굉장히 가정적인 사람이지만 업무를 하면서 무시를 당했을 때는 화를 내는 사람' 이라고 구체적으로 관찰하는 노력이다. '그는 말을 조리 있게 못한다.'고 단정 지어 몰지 말고 '그는 지금은 말을 조리 있게 잘 못하지만 앞으로 바뀔 가능성도 얼마든지 있다' 고 신중하게 생각하자.

또 하나 유의해야 할 점은 주관적 표현과 객관적 사실을 혼동해서는 안 된다는 것이다. '그는 건방지다' 는 말에 같이 고개를 끄덕여서는 안 된다. 어디까지나 보는 사람의 주관(해석)으로 그렇게 말했을 공산이 크기 때문이다. 또 다른 이는 '그는 자기주장을 펼치는 능력이 탁월하다' 고 평가할지 모를 일이다.

설령 "그가 당신을 바보 취급 하더군." 하는 말을 들었다 해도 그 자리에서 불끈하지 말자. 어떤 객관적 사실을 가지고 '바보 취급' 을 했는지 먼저 알아야 한다. 사실과 해석을 식별하는 습관은 반드시 필요하다.

마지막으로 소망과 사실을 혼동하지 말자.

사막에서 간절히 물을 원할 때 "저기 호수가 보여!" 하고 외치는 심리는 누구에게나 있다. 이를 위스풀 팅킹(wishful thinking 소망적 사고)이라고 한다. 유언비어나 헛소문 등이 이에 해당한다.

사실을 규명하는 것이 다 좋은가?

사실을 아는 것은 괴로운 일이다. 이로 인해 꿈이 산산조각 날 때도 있다. 산타클로스는 존재한다고 믿는 편이 인생이 즐겁다.

그렇기에 사실을 밝히는 게 다 좋은 것만은 아니다. 사실을 덮어두는 편이 인생에 득이 되는 경우도 있다. 테루테루보즈(장마철에 날이 맑아지기를 기원하며 추녀 끝에 매달아 두는 종이 인형)에게 소원을 빌면 정말로 비가 오는지 안 오는지를 굳이 검증할 필요는 없지 않은가.

그러나 숙제를 내주는 편이 정말로 학력 향상에 도움이 될까? 영업사원이 방문하는 업체의 수가 많을수록 실적이 그만큼 높아질까? 강의 형식의 연수와 체험학습 방식의 연수회는 어떤 차이가 있을까? 와 같은 문제는 사실을 규명하는 것이 좋다. 그 결과에 따라 지도 방법이 달라질 뿐 아니라 지도자의 자신감에도 큰 영향을 미치기 때문이다.

그러므로 사실을 규명하는 게 좋은지 아닌지의 판단은 인생에서 플러스가 되느냐 마이너스가 되느냐가 기준이 되어야 한다.

가령, 심각한 병에 걸렸다고 가정해보자. 이 사실을 알려주는 편이 남은 인생을 알차고 원 없이 보내는데 원동력이 되는 사람이 있는 반면 완전히 기력을 잃고 자포자기하는 사람도 있다. 의사와 가족은 이를 잘 판단해야 한다.

그러나 사실을 알고 싶고 알아야 마음이 훨씬 편할 것 같지만 도저히 알아낼 수 없는 일도 있다. 자기를 낳아준 부모가 누군지 알고 싶지만 도저히 알 길이 없는 사람도 있다. 죽은 후에 내 자식들이 어떤 삶을 살지 이 또한 우리의 능력 밖의 일이다.

인간의 능력은 유한하다.

사실을 덮어둔 채 살아야 하는 부분도 있다. 누구나 조금씩은 불안한 구석을 안고 살아간다.

그러므로 지금 자신이 알고 있는 모든 지식과 정보를 충분히 활용해서 스스로 만족할만한 행동을 하는 수밖에 다른 도리가 없다. 더 베스트가 아니라 마이 베스트 자세로 살면 된다. 때로는 안개가 우리를 뒤덮을 때가 있겠지만 인간은 신이 아니다. 안개를 헤치며 자신이 가진 모든 역량을 동원하여 그 때 그 때의 판단에 맡기는 수밖에 없다.

• 사실을 정확히 파악하기 위해서는

❶ 단정 짓지 않는다.

❷ 타인의 주관적 표현에 휘둘리지 않는다.

❸ 바람과 사실을 혼동하지 않는다. ‖

39
'초자아'를 가진 사람은 강하다

'1000만 명이 모인들 나는 안가!'라고 기개가 넘치는 사람이 있는 반면 모기소리만한 목소리로 죄를 고백하는 사람도 있다. 기개가 넘치는 인생은 초자아에 따라 행동하는 상태를 말한다.

바람직한 초자아란?

초자아란 무엇일까? 한 마디로 행동원리다. 자기만의 헌법이다. 마음 속 검열관이라고 표현해도 좋다. 누가 보고 있지 않아도 도둑질을 하지 않는 것은 '도둑질은 좋지 않다'고 말해주는 마음 속 검열관이 있기 때문이다. 학창시절 커닝을 한 일을 두고 어른이 되어서까지 괴로워하는 사람은 '커닝은 좋지 않다'고 말하는 마음속 검열관에게 계속 질책을 받고 있기 때문이다. 쉽게 말해 초자아는 양심이다. 양심이 없으면 삶의 궤도가 없어진다. 궤도가 없는 사람은 유아와 다르지 않다. 말과 행동에 일관성이 없다. 정신적 숭고성과는 거리가 멀어진다. 손해를 보더라도 할 말은 해야 한다는 정의감이나 용기가 끓어오르지 않는다. 눈앞에 보이는 이익에 따라서만 움직인다.

양심이 있는 사람과 없는 사람의 차이는 어디에서 나올까? 어떤 환경 하에서 자랐느냐에 따라 다르다. 부모나 양육자가 일정하지 않았다든가, 양심적이지 못한 양육자 밑에서 자랐을 경우 비양심적인 사람으로 자라기 쉽다. 확고한 신념이 있는 심지 굳은 사람이 되기 어렵다.

그렇기에 모방하고 싶은 사람과 만나는 일은 인생에서 매우 중요하고도 뜻 깊은 일이다. 동시대를 살아가는 인물이건 역사상 인물이건 상관없다. 본보기로 삼고 싶은 인생의 스승을 찾아 마음속에 모셔두자.

확고한 가치관 속에서 '금지와 명령'의 원칙을 가지고 있는 사람을 섬기자. 자유 또는 인간존중이라는 미명 아래 '느슨한 교육지도'를 하는 것은 그리 바람직한 일이 아니다.

좋지 않은 양심이란?

그런데 마음의 검열관이 지나치게 비현실적이어서 양심에 너무 집착한 나머지 위축되는 사람이 있다. 지나침은 모자람만 못함을 명심해야 하는 부분이다.

예를 들어 '이성교제는 삼가야 한다' 는 초자아에 휘둘려 데이트를 한 뒤에는 어김없이 우울증에 걸리는 청년이 있다. 무슨 범죄를 저지른 것처럼 꺼림칙함을 지우지 못한다.

'거짓말을 해서는 안 된다' 는 신념으로 "실은 결혼 전에 경험이 있어요⋯⋯." 하고 고백하는 바람에 오히려 배우자를 불행하게 만드는 사람도 있다.

혹은 '돈은 더러운 것' 이라는 초자아의 지령에 속박되어 돈 벌 기회를 놓치거나 일부러 돈을 멀리 하는 사람도 있다.

지나치게 엄한 초자아(양심)를 부모에게 물려받아 지나치게 스스로를 경계하는 아이는 늘 풀이 죽어 있다. 자기 수용이 부족하여 '어차피 나 같은 게 뭘⋯⋯' 하는 심정이 된다.

그 반대 경우도 있다. 훌륭한 부모에게서 섭취한 훌륭한 초자아의 끊임없는 공격으로 괴로워하다 자신의 초자아에 도전하는 경우다. 그 결과는 종종 자기 파멸(예⋯자살, 비행, 방랑)로 이어진다.

이렇게 너무 약해도 탈이고 너무 강해도 탈인 초자아를 어떻게 조절해야 할까? 인종, 직업, 연령, 성별을 넘어 가능한 한 많은 사람에게 통용되는 행동원리를 찾는 것이다. 가령 나는 다음과 같은 초자아를 정립해놓고 있다.

(1) 신경질적인 대학교수보다 건강한 굴뚝청소부가 낫다.(A S 닐에게 배운 교훈)

(2) 다른 사람에게 폐를 끼치지 않는 범위에서 내가 하고 싶은 대로 하는 게 낫다.(유학중에 미국인들을 보고)

(3) 실수하기에 인간이며 실패해도 밑져야 본전이다. 돌다리도 두드려보고 건너자.(논리요법에서 배운 교훈)

> **마음속 검열관은 지나치게 엄해도 지나치게 자상해도 안 된다.**
> **가능한 한 많은 사람에게 통용되는 것이 좋다는 사실.**

40
멘탈 리허설로 자신을 연출하자

멘탈 리허설이란 자기 활성화를 위한 한 가지 방법이다. 나는 지금까지 인생을 살아오면서 이 방법으로 인해 많은 덕을 받았다. 물론 지금도 사용한다.

강연회가 시작되기 전에 대기실에서 차를 마시면서 단상에서 멋지게 강연하고 있는 내 모습을 이미지한다. 마음속으로 연습전을 한 번 치른 뒤 본 게임에 임하는 것이다. 아무 생각 없이 단상에 오르는 것보다 훨씬 탄력을 받는다. 멘탈(마음) 리허설(예행연습)을 하는 것이다.

멘탈 리허설의 활용 예

몇 가지 예를 들어 설명해보자.

'부장이 될 수 있을까' 혹은 '미국에 주재원으로 갈 수 있을까?' 이런 식으로 생각하지 말고 '이미 나는 부장이야' '나는 이미 미국에 와 있어' 하고 마음속으로 상상한다. 상상만 하면 자기암시 또는 자기 최면으로 끝나겠지만 멘탈 리허설을 활용할 때는 실제로 행동을 일으키는 것이 포인트다.

이미 나는 부장이므로 전철역 매점에서 스포츠신문이 아니라 경제신문을 산다. 부장쯤 되었으니 파티에서도 두려워하지 말고 옆 사람들과 환담을 나눈다. 중역이 눈에 보이면 가서 인사를 한다. '아부한다'고 흘겨보는 사람이 있어도 상관하지 않는다. 부장이니까 당연하다고 마음속으로 생각하면 된다. 가슴을 펴고 복도를 천천히 걷는다. 어깨를 웅크리거나 점잖지 못하게 뛰거나 하지 않는다.

나는 이미 미국에 와 있으므로 영자신문을 집는다. 메모도 영어로 적는다. 전철 안에서 들리는 사람들의 대화를 마음속에서 영어로 번역해본다.

신발을 질질 끌며 터벅터벅 걷지 않는다. 시간을 엄수한다. 예스인지 노인지 분명히 대답한다.

이 방법은 학예회에서 연극을 할 때 요령과 비슷하다. 소심한 사람이라도 왕 역할을 맡으면 위엄 있게 보여야 하는 것과 마찬가지다. 일상생활을 극화하는 것이다. 이 방법이 왜 효과가 있을까? 그 원리는 다음의 세 가지로 요약이 가능하다.

일상생활을 극화하자

첫째, 불안함이 해소된다.

'나를 부장으로 승진시켜 줄까?' 정도의 바람이라면 '이 상태로 남아있다간 너무 초라해지지 않을까? 애들 결혼도 시켜야 하는데……' 하는 불안함이 엄습하여 자신감을 상실한다.

철저하게 '벌써 부장이 된' 나 자신을 상상하면서 부장처럼 행동하는 것이다. 그러면 불안함은 해소되고 활력이 생긴다.

둘째, 행동거지가 부장처럼 되면 윗사람들도 '아직 부장이 아니라니. 빨리 부장을 달아줘야겠군' 하고 생각하게 된다.

'영어도 잘하고 저 정도면 미국인들하고 협상하는데 전혀 손색이 없겠어. 이참에 미국 담당을 맡겨도 잘하겠는 걸' 하고 생각한다.

'……되고 싶다' 는 바람만 있고 행동이 그에 따라주지 않으면 궁상맞아 보인다.

셋째, 멘탈 리허설을 활용하면 마음가짐까지 바뀐다.

소심한 사람이 연극하는 셈치고 회의석상에서 제일 눈에 띠는 자리에 앉아 발언을 하고 회의를 주도하다보면 신기하게도 어느새 점점 외향적이고 적극적인 사람으로 바뀐다.

행동이 바뀌면 그에 따라 마음도 변하다. 상복을 입으면 엄숙해지는 원리와 같은 원리다. 성격이나 감정을 바꾸는 것이 아니라 행동을 바꾼다.

성격이나 감정을 바꾸기는 어렵지만 행동이나 생각은 그렇게 어렵지 않다. 바꾸기 쉬운 것부터 바꾸면 다른 부분(성격이나 감정)은 이에 이끌려 저절로 바뀐다.

내가 제안하는 멘탈 리허설은 순수한 행동요법 멘탈 리허설이 아니라 게슈탈트요법을 도입하여 나 나름대로 정립한 방법이다.

카운슬링이나 심리요법을 일상생활에 어떻게 활용하면 좋은지를 시험해보는 방법이라고 할 수 있다.

본 항은 나의 저서 「카운슬링의 이론」을 토대로 기술했음을 밝힌다.

성격을 바꾸기는 어렵지만 행동을 바꾸기는 쉽다.

'부장이 될 수 있을까'가 아니라 '나는 부장이다'라고

상상하면서 행동하기!

CHAPTER

5

고민 상담실

다 시 생 각 하 고 , 다 시 설 계 하 고 다 시 짓 자

41
'좋은 사람,
싫은 사람이 너무 분명해요……'

좋고 싫음이 표정이나 행동에 노골적으로 드러나는 사람들이 있다. 이런 사람들은 또 그런 자기 자신을 싫어하는 사람과 전혀 개의치 않는 사람으로 나뉜다. 먼저 전자에 해당하는 경우부터 얘기해보자.

자기 자신이 싫어질 정도로 좋아하고 싫어하는 사람이 마음속에서 분명히 나눠지는 사람은 다음 중 어딘가에 해당한다고 볼 수 있다.

신념을 수정하자

먼저 '다른 사람들은 내 욕구대로 움직여주어야 한다' 는 전제(신념)를 가지고 있는 사람. 이 전제는 사실에 입각하지 않은 이기주의적 신념이다. 나 자신은 상사나 동료, 후배가 원하는 대로 행동하고 있는지 생각해보면 안다. 본인은 타인이 아닌 본인 위주로 살고 있으면서 다른 사람에게는 당신은 내가 원하는 대로 행동해야 한다고 요청하고 그 요청에 응해주지 않으면 기분이 나빠진다? 지나친 이기주의라고밖에 표현할 말이 없다.

'내가 타인의 욕구에 맞추어 행동하지 않는 것처럼 다른 사람도 나의 욕구대로만은 움직여주지 않는 게 당연하다' 고 전제(신념)를 수정해야 한다.

논리적으로는 이해가 가는데 좀처럼 싫은 사람 앞에서면 생각이 바뀌지 않는다고 말하는 사람은 극단적으로 말하면 배가 부르기 때문이다.

상인들을 보라. 고객 앞에서 좋고 싫음의 감정을 표출하는 사람은 극히 드물다. 고객을 잃을까 두렵기 때문이다. 손해 보는 일이라는 것을 알기 때문이다. 표정 관리가 생활에 어떤 영향을 미치는지 알기 때문이다.

그렇기에 인생에서 한 번쯤은 배고픔을 경험해보는 것이 셀프컨트롤 능력을 키우는데 좋다. 생존을 위협받으면 아무리 제멋대로인 인간이라도 조금은 철이 드는 법이다.

또 하나 자기 혐오증에 빠진 사람 중에 좋고 싫음을 분명히 표출하는 경우가 많다. ○○대학 출신임을 부끄러워하거나 본인이 수다스럽다고 생각하고 이를 마음에 들지 않아 하는 사람은 ○○대학 출신자를 싫어하고 말이 많은 사람을 꺼리는 경향이 있다. 반대로 자신의 성격이나 현재의 상황, 용모, 학력, 실적에 별 불만이 없는 사람은 다른 사람의 성격이나 상황, 용모, 학력, 업적을 따지고 들지 않는다. 이런 관점에서 보면 좋아하고 싫어하는 사람이 분명이 나뉘는 사람은 자기 자신을 그리 탐탁지 않아 하는 사람일 공산이 크다. 이런 사람에게는 자기를 좋아하는(자기수용) 훈련이 필요하다.

스스럼없이 피드백을 받아들이자

반면 좋고 싫은 경향이 뚜렷하면서도 스스로 이에 전혀 개의치 않는 사람도 있다. 이런 사람은 다른 사람의 눈으로 자기 자신을 객관적으로 보지 못하는 제 멋대로형 인간이다.

아이들의 피드백은 계산이 깔려있지 않기 때문에 솔직하다. 그러나 어른들의 세계는 다르다. 저울에 올려놓고 손해와 이익을 따지면서 행동하고 말한다.

겉치레로 치켜세워주는 사람은 있지만 '당신은 변덕쟁이다' '부하들은 당신 안색을 살피는데 정신이 없다' '당신처럼 제멋대로인 사람은 처음 본다'고 솔직히 말해주는 사람은 드물다. 솔직히 말해준다 한들 그것을 있는 그대로 받아들이고 '아, 내가 다른 사람에게 불쾌감을 주었구나' '자기중심적인 사고를 고쳐야겠어' 하고 반성하는 사람 또한 드물다.

그렇다면 이런 사람은 어떻게 하면 좋을까? 돈을 내고 카운슬링을 받는 것도 한 가지 방법이다. 카운슬러는 프로다운 면모로 피드백을 해준다. 카운슬러가 아니어도 좋다. 업무나 사적 이해관계에 얽히지 않으면서 존경하는 사람이 있다면 그 사람을 이용해도 좋다. 돈을 내는 쪽은 본전 생각이 나기 때문에 진지하게 말하고 진지하게 상대방의 말에 귀를 기울인다. 몸에 좋은 약은 입에 쓰다는 마음가짐으로 임하게 되는 것이다.

개인적인 친분을 활용할만한 사람이 없다면 엔카운터그룹에 참가하는 것도 좋은 방법이다. 우물가의 쑥덕공론처럼 서로 스스럼없이 마음을 터놓고 이야기를 나누는 장이 바로 엔카운터그룹이다.

다른 사람들이 내 마음대로 움직여주지 않을 때

기분이 상한다면 당신은 이기주의자다.

당신은 다른 사람들의 욕구에 맞추어 움직이고 있는지

곰곰이 생각해보자.

42

'다른 사람들 앞에서
말을 잘하고 싶어요'

조례나 회의, 설명회 등에서 청중을 앞에 두고 제대로 말을 못해 고민하는 사람이 의외로 많다. 본인은 본인이 내성적이고 부끄럼을 많이 타는 성격이라고 생각하지만 실은 남의 눈에 띄고 싶어 하는 타입일 확률이 높다. 잘해서 눈에 띄고 싶은데 그게 잘 안 되니까 고민스럽고 답답한 것이다. 우선은 솔직하게 '나는 자기 현시욕이 강하고 눈에 띄고 싶어 하는 사람'임을 인정하자. 그런 다음 어떻게 하면 눈에 띨지 연구해보자.

철저히 서툴러지자

가장 쉽게 눈에 띄는 방법은 유창한 화술이 아니라 완벽하게
(?) 서투른 화법으로 눈에 띄는 것이다.

완벽하게 서투른 화법이란 원고를 무미건조하게 읽는 화법
이다. 얼마 전에 이웃집에 사는 한 초등학생이 우리 집 초인종
을 눌렀다. 나가 보니 "아빠가 출장 갔다가 사가지고 오셔
서……." 하며 메모를 읽더니 와사비츠케(야채를 와사비와 간장에
절인 절임음식)를 건네주었다. 이 초등학생처럼 메모를 읽는 것
이다. '메모 읽은 ○○씨' 하며 인상에 남을 지도 모른다.

그런데 예정에도 없었는데 갑자기 호명을 받았다면? 그럴
때는 자기 생각을 정리해서 말하려 하지 말고 호명 받은 그 순
간의 감정을 말하면 된다. 생각을 정리하려면 시간이 걸리지
만 감정을 말하는 데는 시간이 걸리지 않는다. 가령 "미국 여
행은 어땠나요?" 하는 질문에 "음……." 하고 좀처럼 말을 꺼
내지 못하는 것은 생각하기 때문이다. 재미있었다든가 따분했
다든가 먼저 감정을 표명한다. 초등학생처럼 말이다. 묵묵부
답보다는 훨씬 낫지 않은가. '반응이 빠른 ○○씨' 하고 호감
을 줄지도 모를 일이다.

스피치를 잘하는 비결

그러나 원고를 무미건조하게 읽는 것이 아니라 멋진 연설을 하고 싶은 욕구, 감정 표명이 아니라 생각을 정리해서 사람들을 설득시키고 싶은 욕구는 누구에게나 있다. 이를 위해서는 먼저 무미건조한 낭독 스피치와 감정 표출 스피치를 각각 20번 정도씩 경험해보는 것이 좋다. 그리고 나서 다음과 같은 노력을 기울인다.

재미없는 낭독에서 탈피하려면 책의 목차와 같이 말하고자 하는 테마의 헤드라인을 메모한 다음 그 메모를 보면서 말하는 순서를 정하고 내용을 떠올리는 방법이 있다. 낭독과는 달리 고개를 숙이고 있는 시간이 적어지므로 훨씬 분위기가 부드러워진다.

단, 3분 스피치라도 준비하는데 1시간 이상을 투자해야 한다. 1시간 이상 자문자답을 하다보면 말하고자 하는 내용의 골자가 머릿속에 박히기 때문에 단상에 섰을 때 자연스럽게 말이 술술 나온다. 충분히 자문자답 연습을 하지 않은 스피치는 서론이 장황해지고 침묵하는 시간이 길어진다.

그러나 아무리 연습을 해도 내용이 정리가 안 된다고 한탄하는 사람이 있다. 그것은 자신의 말하고자 하는 속내를 철저히 파악하지 못했기 때문이다. 먼저 내가 무엇을 말하고 싶은지를 확실히 파악하자. 그런 다음 그것을 어떤 순서로, 어떤 식으로 풀어갈 것인지를 고민한다. 이런 체험을 20번 정도 하다 보면 당신의 스피치 실력은 몰라보게 달라져 있을 것이다.

갑자기 지명을 받았을 때 이런 사고 지향의 스피치를 잘 하려면 어떻게 해야 할까?

회의석상이든, 결혼식장에서든 청중이 모이는 자리에 참석할 때는 미리 그 날의 테마에 대한 자기 생각을 정리해두고 가는 것이 좋다. 지명 받을 것을 예상하고 미리 스피치 내용을 머리에 담아간다. 열심히 준비해갔는데 지명을 못 받았다면? '나는 원래 자기 현시욕이 강한 인간'임을 떠올리고 다른 사람에게 질문을 던져보자. 갑자기 열린 회식이 아닌 만큼 갑자기 스피치할 일은 없겠지만 질문은 할 수 있지 않은가. 이것도 20번 정도 하면 생각을 정리하는 속도가 빨라진다. 다른 사람의 의견과 비교할 수 있어 사고의 질도 훨씬 높아진다.

청년시절, 드디어 운전을 할 수 있게 되면서 삶이 훨씬 넓게 느껴지는 것처럼, 스피치를 잘 하게 되면 인생이 열리는 느낌에 들뜬다.

● 스피치를 잘하는 지름길

❶ 원고를 낭독한다

❷ 일단 감정표현부터 시작한다

❸ 헤드라인만 메모해서 준비한다

❹ 사전에 충분히 내용을 자문자답해본다

❺ 늘 스피치할 자세로 생각을 정리해놓는다

43
'나도 모르게 울적해져요'

인간인 이상 언제나 희희낙락일 수만은 없다. 누구라도 우울해질 때가 있다. 내 뜻대로만 움직여주는 인생은 없기 때문이다.

세상은 나를 위해 돌아가지 않는다. 타인은 나에게 봉사하기 위해 존재하는 사람들이 아니다. 내가 원하는 대로 움직여주지 않는 것은 당연지사. 그 회사에 입사하고 싶은데 채용해주지 않는다고, 전근시켜 주었으면 좋겠건만 그렇게 해주지 않는다고 한탄할 일은 아니다.

어떻게 하면 울적한 기분에서 빠져나올까?

울적한 기분에서 빠져나오기 위해서는 어떤 방법이 있을까? 제일 중요한 것은 상황에 말려들지 않기다.

이를 위해서는 욕구불만에 쌓여 있는 자기 자신을 객관적으로 조망하는 또 다른 나를 인공적, 의도적으로 만들어 보는 것도 좋은 방법이다. 구체적인 방법으로는 첫째, 분신대화법을 시도해본다. 의자를 두 개 준비하고 한 의자에는 '현재 침울함에 빠져 있는 내'가 앉아있다고 상상하고 또 다른 의자에는 '그런 나를 물끄러미 바라보고 있는 또 다른 나'를 앉힌다. 먼저 바라보고 있는 내가 말을 건다. 그러면 침울해 있는 내가 대답을 한다. (의자를 바꿔가며 앉는다) 분신대화법을 일인이역법이라고도 한다.

두 번째 방법은 바라보고 있는 나만 즐겁게 노는 상상을 하는 것이다. 푸른 초원이 끝없이 펼쳐진 목장에서 놀고 있는 나, 친구들과 골프를 즐기며 깔깔거리며 웃고 있는 나를 머릿속에 그리며 도취한다. 실제 골프를 하러 가도 좋다. 일시적으로나마 침울해 있는 나와 별거하는 것이다.

술 한 잔 거나하게 들이키고 푹 잠을 자는 것도 한 가지 방법이다. 잠은 침울한 마음을 사그라뜨리고 편안함에 빠져들게 만드는 치료제다. 이런 방법들을 시도하다보면 어느 새 우울했던 마음은 저편에 물러나 있다. 심각한 상태까지 가지 않고 저절로 기분이 나아진다.

생각을 바꾸자

앞에서 말한 방법들 이외에 내 생각이나 삶의 방식을 바꾸는 방법도 있다.

생각을 바꾼다는 말은 지금의 침울한 기분이 나에게 어떤 의미가 있는지를 생각해본다는 의미다.

가령, 상사나 동료들의 계략으로 나만 책임을 뒤집어쓰는 상황이 벌어졌다고 하자. 이럴 때는 이것은 인생의 쓴맛을 보게되었을 때 대처해나가는 방법을 배우는 찬스다, 라고 의미를 부여하는 것이다.

너무 억지소리라고 반박하는 사람도 있으리라. 그러나 억지라고 생각하지 말고 우리가 임의로 선택한 신념(예…신은 사랑이며, 펜은 창보다 강하다)이라고 생각하면 어떨까? 우리에게 용기를 북돋아주고 행복을 가져다주는 것이라면 사실과 논리에 입각한 신념이 아니라도 상관없지 않은가. 우리 삶에는 사실을 초월한, 이론을 초월한 상상의 세계가 무수히 존재한다. 이것을 거부할 이유는 없다고 나는 생각한다.

장미가 아름답다는 것은 사실도 아니고 논리도 아니다. 단지 우리의 상상의 세계일뿐이다. 그렇지만 장미를 아름답다고 생각할 때 행복을 느낀다면 이를 거부할 이유는 없다.

또 하나, 자신의 역량 범위 내에서 자기의 역할이 무엇인지 분명히 인지하고 있으면 우울한 기분에서 빠져나오기가 쉽다.

역할을 분명히 인지한다는 말은 자신의 아이덴티티를 확립한다는 의미와 상통하며 아이덴티티를 확립한다는 말은 자신의 가치관을 확립한다는 말과 상통한다. 아이덴티티가 분명히 섰을 때는 욕구 불만이라는 복병과 만났을 때 감내할 에너지가 충분하다.

자신의 역할이 객실승무원이라는 사실을 가슴에 새기고 있으면 피치 못할 회항으로 승객들이 공포와 두려움에 떨고 있을 때 의연한 태도로 위기상황에 대처할 수 있다. 성직자임을 자각하고 있는 사람만이 죽음의 그림자 앞에도 의연해지는 것이다.

먼저 침울함에 빠져 있는 자기 자신을 분리시켜보자.

고통의 순간은 동시에 기회의 순간이라고 생각을 바꾸자.

자신의 역할을 자각하는 것도 침울한 기분에서 벗어나는

방법임을 기억하자.

44
'다른 사람을 부러워만 하는
내가 싫어요'

살면서 질투나 시기심을 한 번도 느끼지 못한 사람이 있을까? 이론상으로만 따지면 없다. 왜냐하면 모든 인간에게는 시블링 라이벌리(sibling rivalry)이라는 심리가 존재하기 때문이다. 이는 부모의 사랑을 독차지하고 싶어 하는 아이들의 심리와도 유사하다. 아이들에게 있어 부모의 관심과 사랑을 받지 못한다는 것은 자기 보존의 본능을 위협받는 일이기 때문에 이보다 더 큰일은 없다.

그렇기에 다른 형제들이 부모에게 사랑받는 모습을 보면서 위기감을 느낀다.

이런 심리는 어른에게도 나타난다. 사장의 신임을 듬뿍 받는 동료를 보면 마음이 마음이 아니다. '뭘 했기에 저러지?' 하는 시샘과 분노가 치민다. 질투, 분노, 자기열등감이 한 세트가 되어 나타나는 심리 이것이 바로 시기심이다.

시기심을 활용하자

누구를 시기한다고 해서 자기를 비하해서는 안 된다. 공평하지 못할 때 화가 나는 것은 당연하다. 우리는 성인(聖人)이 아니다. 그러니 성인(聖人)인 척 할 필요도 없다. 오히려 이런 마음을 에너지로 활용하자.

'두고 보라고!' '언젠가 머리를 숙이게 해주겠어!' 하면서 자기 연마의 기폭제로 삼는 것이다.

양반은 냉수 먹고도 이빨을 쑤시는 것처럼 겉으로는 아무렇지도 않은 얼굴을 하고 속으로 칼을 갈자. 사람들이 필요로 하는 테마를 찾아 그 분야의 권위자가 되자.

가령 회사가 조만간 해외에 지점을 설립하게 될지도 모른다는 정보를 들었다면 어학이나 세계경제 흐름을 공부해둔다. 컴퓨터가 대대적으로 도입될 움직임을 보인다면 그 방면의 전문가가 된다. 현재의 상황을 탓해봐야 아무런 도움이 되지 않는다.

시기심에 못 이겨 동료를 비방하는 일 따위는 절대 삼갈 것. 잘 나가는 동료의 좋은 어시스턴트가 되는 편이 당신에게 득이 된다는 사실을 명심하자. 그 동료 덕분에 당신은 당신의 꿈을 더 빨리 이루게 될 수도 있다. 조직에서 어제의 적이 오늘의 친구가 되는 일은 비일비재하다. 조직에서의 인간관계는 연애와는 다르다. 좋고 싫고 하는 감정만으로 움직이지 않는다.

조직에서는 역할 관계가 인간관계에 영향을 미치는 경우가 많다. 역할(입장)이 바뀌면 좋고 싫음의 관계도 바뀐다. 그러니 지금의 상황이 영원하지 않음을 기억하자.

내가 고쳐야할 점은 없는가?

시기심은 공평하지 않다는 불만에서 싹튼다. 세상에는 편파적인 인간이 있다. 또 누구나 나름대로의 나르시시즘이 있기 때문에 소외당한다는 느낌이 들면 기분이 언짢아진다. 이는 인지상정이다. 이것을 인정해야 시기심에 휘말려들지 않는다.

불공평한 취급을 받으면 나에게 무슨 결함이 있나 하는 처절한 심경이 된다. 이를 경계해야 한다. 불공평한 취급을 하는 상사야말로 결함이 많은 인간인 경우가 많다. 그러니 운이 나빴다고 생각하고 잊어버리는 게 속 편하다. 자기는 아무 잘못도 안했는데 뒤에서 차가 와서 박는 상황과 비슷하다고 생각하자. 절대 자책은 금물이다. 적절한 시기를 기다리자. 기다리지 못하는 사람은 반격하든지, 그만 두든지 둘 중 하나다.

그러나 분을 삭이지 못하고 '나를 그렇게 취급하다니!' 하고 방방 뛰는 사람이 있다. '나는 다른 사람과 동등 이상의 능력이 있다'는 나르시시즘이 발동하기 때문이다. 이런 경우는 시샘하는 쪽의 문제가 큰 경우가 많다.

누군가가 솔직하게 "자네를 차별대우한 것이 아니야. 자네의 평상시 업무 태도를 유심히 관찰해본 결과네." 하고 말해주면 좋겠지만 그런 악역을 맡으려고 하는 사람은 거의 없다. 대개는 분위기에 맞춰서 함께 울분을 토해주는 척 한다. 그리고 돌아서서는 "저 사람 어딘가 좀……." 하고 혀를 찬다. 그러므로 다른 사람을 시기하기 전에 나에게는 문제가 없는지 진지하게 생각해 볼 일이다.

만약 무엇이 문제였나 금방 떠오르지 않는다면 평상시 아무 생각 없이 멍하게 회사만 왔다 갔다 하고 있다는 증거다. 인정을 받지 못한 데는 그럴만한 이유가 있었던 것이다.

차별대우를 받았을 때 화가 나는 것은 당연한 일이다.

내 문제가 아니라면 운이 나빴다고 생각하고 시기를 기다리자.

45

'주위의 시선이나 평가를 덤덤하게
받아들이려면 어떻게 해야 하나요?'

다른 사람의 평가에 촉각을 곤두세우는 사람들이 많다. 이는 인간의 본능이다. 인간에게는 자기 보존 능력이 있기 때문이다.

타인의 공격을 받으면 누구나 심기가 불편해진다. 누가 나를 인정하고 좋아해주는 것만큼 기분 좋은 일은 없다. 그렇기에 체면을 생각해서 참기도 하고 내키지도 않은 아부를 하거나 다른 사람의 안색을 살피는 것이다.

잘못 생각하고 있지는 않은가?

그러나 아무리 안색을 살피며 생활한들 모든 사람들 눈에 찰 수는 없는 노릇이다. 상대방을 위한답시고 한 말이나 행동이 오히려 오해의 소지가 되는 경우도 종종 있다. 우리는 신이 아니기에 종종 상대방의 심리 상태를 잘못 읽는 우를 범한다.

그런데도 '모든 사람의 마음에 들고야 말겠다.' 는 신념을 고집하면서 전전긍긍하는 사람이 있다. 그 결과 다른 사람의 눈에 들기 위해 눈치를 살피는 데만 아까운 인생을 허비하고 만다. 이런 사람에게 자기 인생이란 없다. 붙임성이 좋다, 솔직하고 순수하다, 친절하다, 착하다, 마음 씀씀이가 넓다, 인간성이 좋다 등등의 수식어가 붙는다고 다 좋은 것만은 아니다.

다른 사람의 자유를 침범하지 않는 범위에서 내가 하고 싶은 일을 할 때 비로소 인생의 진정한 가치를 찾을 수 있다. 그러는 과정에서 다른 사람이 따라와 준다면 그보다 더 좋은 것은 없겠지만. 야구 감독을 보라. 야구 감독이 선수들의 마음에 들기 위해 알랑거리기만 해서는 시합에서 이길 수 없다. 설사 선수들의 원망을 사더라도 철저한 프로정신으로 스스로 정한 신념과 원칙대로 선수들을 이끌지 못하면 신뢰(기대)를 받을 수 없다.

다른 사람에게 좋은 평가를 받고 싶은 일념으로만 사는 사람은 기대한 만큼 평가를 받지 못하면 세상이 끝난 것처럼 실망하고 한탄한다. 이는 착각이다. 다른 사람이 별로 좋아하지 않더라도 세상에 꼭 필요한 사람이 되면 당신을 다시 보게 될 터이다.

가능한 한 적을 만들지 말자

이러쿵저러쿵해도 역시 다른 사람의 호감을 산다는 것은 기분 좋은 일이다. 물론 앞에서 말했던 대로 너무 여기에만 목을 매면 내 인생이 없어지고 말지만.

이렇게 생각하자. 필사적으로 내편은 못 만들더라도 적어도 적을 만들지 말자, 라고.

이를 위해서는 먼저 내 생각이 언제 어디서나 통용되는 것은 아니라는 사실을 자각해야 한다. 자기중심적으로 제멋대로인 인간은 이를 인정하지 않는다. 지나치게 자기중심적인 사람이 아니더라도 자기도 모르는 사이에 자기만의 잣대로 평가할 때가 있다.

이렇게 되지 않도록 끊임없이 스스로를 경계하는 사람들이 바로 미국인들이다. 미국이라는 나라는 다양한 가치관을 가진 사람들의 집결체다. 그래서인지 다른 사람의 생각을 존중하는 습관이 몸에 배어있는 듯하다. 그렇지 못하면 버티어내기 힘든 문화이기 때문이다.

또 하나 가슴에 새겨두어야 할 자세는 타인의 욕구 충족을 방해하지 않겠다는 마음가짐이다.

친절한 강매는 금물이다. 도를 넘어선 설득, 권유는 좋지 않다. 다른 사람에 대한 험담은 가급적 삼가자. 누구나 나름대로의 사정(욕구)이 있는 법이므로.

부탁을 거절할 때는 가능한 한 상냥하게. 무뚝뚝한 태도를 보이지 말자. 상대방이 원하지도 않는데 인생이 어쩌고저쩌고 훈계하지 말자. 즐거워하는 사람을 보고 그 사람의 심리 분석을 하지말자. 자랑거리를 늘어놓아 상대방의 열등감을 자극시키지 말자. 상거래가 아닌 한 상대방의 거짓말을 일일이 지적하지 말자.

지나치게 심각하게 혹은 직설적으로 생각하지 말라는 뜻이다.

아무리 노력해도 모든 사람의 마음에 들 수는 없다.
내가 하고 싶은 일을 하면서 인생을 즐기는 것이 우선이다.

46
'아무리 노력해도
그 사람이 좋아지질 않아요'

아무리 노력해도 좋아지지 않는 사람이 있는 것이 당연하다. 모든 사람들이 당신의 마음에 들기 위해 살고 있는 것은 아니기 때문이다. 나의 욕구(예···인정받고 싶다, 친구가 되어주면 좋겠다)를 만족시켜주지 못하는 사람이 좋을 리 만무하다. 지극히 자연스러운 일이다.

반드시 그 사람을 좋아해야 할 필요는 없지 않은가. 그렇다고 스스로를 인간적으로 미숙한 인간이라든가 속이 좁은 인간이라고 비하해서는 안 된다.

해야 할 일에는 최선을 다하자

나를 싫어하는 사람이 있는 것처럼 나에게도 싫은 사람이 있는 것은 당연한 이치다. 억지로 노력한다고 해결될 문제가 아니다. 이럴 땐 '좋아하지는 않지만 내가 해야 할 일은 하겠다'는 각오로 임하자.

가령 도무지 마음이 안가는 상사가 있다면 먼저 인사하고 경과보고를 하고 결재를 받는다. 망년회 자리에서는 상석을 권하고 연하장을 보낸다.

상사를 기만하라는 말이 아니다. 감정적으로 억지로 가까워질 필요는 없지만 역할 상 관계를 분명히 하라는 뜻이다. 그러다보면 의외로 감정이 사그라질 때가 있다. 그러면 인간관계도 부드러워진다.

남편을 싫어하지만 아내가 남편 식사 준비를 하고 빨래를 하고 시댁에 얼굴을 내밀기 때문에 풍랑 없는 가정을 꾸려가는 것과 같은 원리다. 남편을 좋아하면 그보다 더한 행복은 없겠지만 좋아하지 않는다고 그 인간관계가 끝나는 것도, 끝낼 수도 없는 노릇 아닌가.

좋고 싫음이 있어 인생이 풍요롭다

원증회고(원망하고 미워하는 사람과 같이 있지 않으면 안 되는 고통)라는 말이 있듯이 좋아하지 않는 사람과 함께 시간을 보내는 것은 그리 즐거운 일이 아니다.

그러나 세상 이치 상 미련 없이 바이바이하고 돌아설 수도 없다. 도무지 좋아할 수 없는 사람들이 왜 생겨나는지 그 이유는 세 가지다.

첫 번째 이유는, 앞에서도 언급했지만, 모든 사람이 나의 욕구를 채워주지는 않기 때문이다. 욕구가 채워지지 않으면 욕구불만이 쌓인다. 욕구불만이 쌓이면 상대방을 비난하고 싶어진다. 도무지 좋은 마음이 들지 않는다.

두 번째 이유는 자기혐오증에 빠져 있기 때문이다. 자기혐오 증상이 심한 사람은 자기와 비슷한 성격이나 상황에 처한 사람을 꺼려하는 경향이 있다.

자기가 수다스럽다고 생각하는 사람은 대개 수다스러운 사람을 좋아하지 않는다. 눈치보고 아첨하는 자기 자신을 혐오스러워 하는 사람은 비슷한 사람을 보면 눈살을 찌푸린다.

마지막 세 번째는 자기의 이상과 전혀 다른 사람이 반드시 존재하기 때문이다.

예를 들어 욕망에 초월한 사람이 되고 싶은(이상적인 자아) 사람은 욕망이 강한 사람을 좋아하지 않는다, 중후한 인간이 되고자 꿈꾸는 사람은 가볍고 경망스러운 사람을 혐오한다. 자유인을 꿈꾸는 사람은 우등생 타입의 답답한 인간 유형을 싫어한다.

그런데 가끔 "저는 싫어하는 사람이 없어요." 하는 사람이 있다. 나의 경험상 이런 사람은 '인간에 대해 좋고 싫은 감정을 가져서는 안 된다' 는 사상의 소유자다. 이런 사상으로 살다 보니 좋고 싫은 감정에 둔감해져 있다. 좋고 싫음의 감정이 분명하지 않으면 인생의 다양한 코스를 선택할 때 결단하기가 힘들어진다.

감정적으로 되지 마! 라는 말을 자주 하는데 좋고 싫음의 감정이 분명하지 않으면 마음 설레는 데이트조차 제대로 하지 못하는 개성 없고 밋밋한 사람이 된다.

싫은 사람이 존재하는 것은 당연한 일이다.
'좋아하지는 않지만 해야 할 일은 한다' 는 마음자세로
행동하면 된다.

47
'나를 표현해야 할 때마다
말투가 어색하고 딱딱해져요'

나를 제대로 표현하지 못하는 것은 자신의 나이나 지위에 어울리는 표현을 해야 한다는 강박관념이 있기 때문이다. 대책은 간단하다. 어린아이로 돌아가는 것이다.

아이들은 말하고 싶은 것을 정직하게 말한다. 결코 말을 돌리는 법이 없다. 자기 방어 무기가 작동하지 않기 때문이다. 바보 취급을 당하면 어쩌지, 혹 실례되지는 않을까 하는 걱정을 하지 않기 때문이다.

아이가 되어라

"어른이 어떻게 그럴 수가 있나요. 아이처럼 스트레이트로 말했다가 바보 취급을 당하면 어떻게 하라고요. 또 실례를 범할 수도 있잖아요." 라고 손사래를 치는 사람이 많다. 그러나 내 생각은 다르다. 그 정도 수업료도 내지 않고 자기표현 능력을 어찌 기르리오. 논리요법이 제창하는 수치심분쇄법(shame-attaching exercise)이 바로 이것이다.

가령 일류 호텔 카운터에 가서 "가장 비싼 방에 하룻밤 묵고 싶은데 얼마인가요? 숙박만 할 거예요. 식사는 인스턴트 라면으로 떼울 건데 그래도 괜찮은가요?"

체면 불고하고 자기표현 연습을 한다. 일류 호텔 여섯 군데만 돌면 얼굴이 두꺼워진다. 뒤탈도 없다. 학예회나 TV쇼라고 생각하면 된다.

표현이 어색하고 딱딱해지는 것은 잘 하려고 하기 때문이다. '저런 사람이 무슨 교수야.' 하는 말을 듣는 편이 편할 때도 있다.

'역시 교수는 다르군.' 하는 평가를 받으면 그 후로도 쭉 폼을 잡아야 하기 때문에 나도 모르게 어깨에 힘이 들어간다.

유아가 되라는 말에는 방위하지 마! 폼 잡지 마! 라는 의미

이외에 또 다른 의미가 있다. 스스럼없이 감정 표현을 하라는 의미가 내포되어 있다. 능숙한 달변가는 무슨 말이든 논리적으로 하려고 한다. 그러나 아이들은 논리가 아니라 감정으로 말한다. 어른들이 감정으로 말하면 금방 싸움으로 번진다. 법보다 주먹이 먼저라고 싸울 때는 논리가 아니라 주먹이 이긴다. 이런 요령을 응용한다. 기승전결을 따지다보니까 어색해지고 딱딱해지는 것이다.

아이가 되기 위한 조건

아이처럼 표현하면 다른 사람에게 바보 취급을 당하지 않을까요? 하며 걱정스럽게 묻는 사람이 있다.

노파심에서 바보가 될 확률이 낮은 조건을 두 가지 말해주고자 한다.

첫째, 어렵고 관념적인 단어를 사용하지 말 것. 아이의 감정을 어렵고 고지식한 말로 표현하면 웃음거리가 된다. 실체가 없는 문장이 되기 때문이다. 소위 지식인이라 불리는 사람들 중에 현학적인 표현을 일삼는 사람들이 많다. 특별한 내용도 아니면서 특별한 것처럼 들리게 하기 위해서다.

아이의 말을 아이의 감정으로 표현한다고 업신여김을 당하지 않기 위한 두 번째 조건은 보통 사람 이상으로 추상어를 알아두어야 한다는 것이다. 즉, 보통 사람 이상의 '지식'이 있어야 한다는 말이다.

어려운 표현이나 추상적 사고를 하려면야 얼마든지 할 수 있지만 일부러 그렇게 하지 않는다는 사실을 자각하면 열등감은 사라진다.

추상어를 사용해 논리적으로 생각할 수 있는 사람이 어린아이처럼 감정을 스스럼없이 표현하면 오히려 다른 사람들이 경의를 표한다. 꾸밈없이 솔직한 사람, 인정이 넘치는 사람, 말이 통하는 사람이라고 당신을 인정해줄 것이다.

빈곤한 지식 탓에 유아적 표현밖에 하지 못하는 사람과는 차원이 다르다.

> 일류 호텔에 가서 "제일 비싼 방에서 하룻밤 묵고 싶은데 얼마인가요? 인스턴트 라면을 끓여먹어도 되나요?" 하고 묻자. 여섯 군데만 돌면 상당한 효과를 거두리라.

48

'그룹에 융화되기가 힘들어요'

그룹에 융화가 안 된다고 그게 뭐 그리 대수냐 라고 생각하는 사람이 있을지도 모르겠다. 그러나 소속감은 인간의 기본적 욕구 가운데 하나다. 그러므로 누가 이런 고민을 상담해온다면 그냥 흘려들을 일이 아니다. 우리는 고독을 두려워한다. 존재감이라든지 아이덴티티처럼 삶의 안식을 느끼는 감정은 소속감이 있을 때 비로소 생겨나기 때문이다.

그룹의 종류에는 두 가지가 있다

그룹에 융화되기가 힘든 경우는 크게 두 가지다.

하나는 구성원 집단에 융화되기 힘든 경우, 또 하나는 준거 집단에 융화되기 힘든 경우. 양쪽에 모두 융화되면 더할 나위 없이 좋겠지만 이 중 한 군데에만 융화되어도 마음은 상당히 안정된다. 가장 괴로운 경우는 양 쪽 그룹에 모두 융화되지 못하는 경우다.

구성원집단(membership group)이란 현재 내가 물리적으로 소속되어 있는 그룹을 말한다. 직장, 학교, 가정 등이 여기에 해당된다. 준거집단(reference group)이란 마음속에 소속되어 있는 그룹 가령, 모교, 고향, 과거에 참가했던 엔카운트그룹 등을 말한다. 말하자면 마음의 고향이다.

이런 그룹을 자기 분신처럼 생각하는 사람, 혹은 자기가 그룹의 분신이라고 생각하는 사람은 살면서 느끼는 불안함이 적다. 빨간 신호일 때 혼자서는 못 건너지만 여럿이 함께 건너면 용기가 생기는 것과 같은 심리다. 또한 아이덴티티가 충분히 확립되어 있어 난관에 부딪혔을 때 그것을 견디는 힘과 용기도 충분하다. 같은 그룹의 동료라는 의식이 있기 때문에 초면의 사람과도 어색함이 없다.

반면 지나치게 집단과 나를 심리적으로 동일시하기 때문에 혼자가 되면 주눅이 들고 혼자서 무엇을 추진하겠다는 기개가 부족하다.. 이것만 주의하면 그룹에 융화되는 일은 좋은 일이다.

그룹과 융화되는 방법

그룹에 융화되기 위해서 반드시 그룹을 좋아해야 되는 것은 아니다. 다소 이질감이 있더라도 그룹 내 구성원들과 행동을 같이 하면 된다. 망년회가 열리면 출석하고 남들이 노래방에서 노래를 부르면 같이 부르고 다 같이 여행을 가면 같이 가고 동료의 경조사에 가능한 한 빠짐없이 얼굴을 내밀고 얼굴을 못 내밀 때는 축의금이나 부의금만이라도 내고……. 이런 식이다. 마음에도 없는데 일일이 이렇게 하자니 모래를 씹는 기분이 들지라도 학예회를 한다고 생각하고 연기를 하면 된다.

행동은 마음보다 훨씬 바꾸기가 쉽다. 행동이 바뀌면 마음은 저절로 바뀌는 경우가 많다.

그룹에 융화되는 두 번째 방법은 자기가 할 수 있는 서비스를 제공하는 것이다.

가령 약속장소가 갑자기 바뀌었을 경우, "내가 여기서 늦게 오는 사람들 안내할게요." 하고 자진해서 나서는 것이다. 가족의식이 없어도 좋다. 무급 아르바이트를 하자. 역할을 통해 그룹에 접근하는 것이다.

억지로 친근감을 가져야겠다는 강박관념을 가질 필요는 없다. 역할을 충실히 해나가는 사이에 정이 샘솟는다. 정이 생기면 역할에 더욱 충실해진다.

아무리 노력해도 그룹의 문화(가치관, 관습)에 익숙해지지 않지만 그룹을 떠날 수 없는 상황이라면 문화인류학자의 심경으로 역할에 충실하자.

자기 생각이나 가치관만을 고집하지 말고 그룹 구성원의 생각이나 감정을 고루 살피는 자세를 가져야 한다. 이를 전문용어로 참가적 관찰(participant observation)이라 하는데 그룹에 융화되는 또 다른 방법이기도 하다.

• 그룹에 융화되기 위해서는

❶ 행동을 함께 하기 위해 노력한다

❷ 역할에 충실한다

❸ 문화인류학자의 마음가짐으로 임한다 ‖

49

'소심한 성격은
개선의 여지가 있나요?'

회의 때 발언을 하지 못한다, 방문 판매에는 영 자신이 없
다. 누가 골프를 치러 가자고 하면 거절을 못한다, 서류 제출
을 하루만 연장해달라는 부탁을 하지 못한다 등등. 소심한 성
격으로 고민하는 사람들이 적지 않다.

그러나 온순한 사람 중에 이 때다 하고 마음을 먹었을 때 예
상 밖으로 당차게 행동하는 사람도 있다. 비결이 무엇일까?

자신의 역할에 충실히 수행하자

먼저 나 개인이 아니라 나의 역할이 상황을 판단하고 말하고

있다는 사실을 자각해야 한다. 아직 그 일을 하기에는 젊다, 경험이 없어 자신이 없다면서 발을 빼는 것은 역할에 충실한 자세가 아니다. 돈을 받고 그 일을 하는 만큼 해야 할 말은 해야 하는 것이 의무다.

유학 시절 나를 지도해준 교수는 개인적으로는 굉장히 온화한 사람이었다. 그런데 학점에는 어찌나 짠지 모두들 초긴장 상태로 수업에 임했다.

언젠가 "그렇게 친하게 지내는 학생들을 낙제시킬 때 미안하다거나 불쌍한 마음은 드시지 않나요?" 하는 나의 물음에 "내 임무는 우수한 학생들을 졸업시키는 일일세. 그 일을 하라고 학교에서 급여를 받지. 개인적으로는 미안하고 안쓰러운 마음이 들지만 어쩔 수 없네. 그게 내 일이거든." 하는 대답이 돌아왔다.

소심한 사람은 당찬 사람이 되고 싶다고 바랄 게 아니라 소심해도 좋으니 내 역할에 충실하자고 스스로에게 당부해야 한다.

술자리에서는 점잔만 빼고 있고 동호회(同好會)에서는 있는지 없는지 모르겠고 가정에서는 배우자가 하자는 대로만 한다고 한탄할 필요는 없다. 급여를 받는 게 아니므로 어떤 의무도 없다. 그 대신 직장에서는 나서야 할 때를 분명히 알고 나의 권한과 책임을 사수하겠다, 침착하고 절도 있게 나의 역할을 수행하겠다는 윤리관을 가지고 있어야 한다.

'용기와 비겁의 차이는 작지만 그 책임감 차이는 크다' 는 사실을 명심하자.

비난하지 말고 일인칭 화법으로 말하자

겉으로는 온순해 보이지만 심지가 굳다는 평가를 받는 사람들을 잘 관찰해보라. 이런 사람은 당찬 면은 있지만 결코 타인을 공격(비난)하지 않는다. 자신의 진심으로 승부한다.

"왜 이번 승진에서 제가 누락됐나요?" 가 아니라 "저의 어떤 점을 개선해야 과장이 될 수 있을까요?" 하고 묻는다. 어디까지나 자기 자신에게 초점을 맞추어 말한다. 이를 심리학 용어로 '통제의 위치(locus of control)' 라고 한다. 분석하면 이렇다.

인간은 어떤 상태(예-성적부진)에 놓였을 때 그 원인을 자기 내부에서 찾으려는 타입(예-노력이 부족했다)과 외부에서 찾으려는 사람(예=상사가 잘 못 이끌어주었다)으로 나뉜다. 전자를 내적 통제형(internals, internalizer), 후자를 외적 통제형(externals, externalizer)이라고 한다.

당차면서도 결코 타인에게 불쾌감을 주지 않고, 그러면서도 성장을 거듭하는 사람 중에는 내적 통제형 인간이 많다. 이에 대한 실증 연구도 있다. 타인을 비난하는 손가락이 내면을 향하고 있는 사람이다. 이런 사람은 대개 온화하고 적도 만들지 않는다.

'너는 무서운 인간이다' 보다 '나는 네가 무섭다' 라는 일인칭 화법을 썼을 때 상대방이 받는 상처는 훨씬 작다.

'자네는 건방지군' 이 아니라 '자네에게 바보 취급 받는 느낌이 드는군' 하는 쪽이 상대방을 덜 자극시킨다.

가장 한심한 인간 유형은 기개 없고 변변치 못한 자기 자신을 원만한 성격 혹은 원숙한 인간미 운운하며 위장하는 사람이다.

역할 상 필요하다면 할 말은 해야 한다고 스스로에게 암시하자.
말할 때는 비난이 아니라 일인칭 화법으로 말하자.

50

'나이 많은 부하는
어떻게 대해야 하나요?'

이런 고민을 하는 미국인은 없다. 일본의 연공서열에 따른
종적 의식이 강하기 때문에 지위가 낮은 연장자를 대할 때 조
심스러운 부분이 있는 것이 사실이다. 과거 자기의 상사였던
사람이 정년 후 고문이나 감사 등으로 남는 경우가 늘어나면
서 생각을 전환해야 할 필요성도 그만큼 높아졌다.

생각의 전환은 연령이라는 요소와 역할(권한과 책임)이라는 요
소를 적절히 나누어 사용할 줄 아는 지혜를 말한다.

연령 위주로 관계를 맺는 편이 좋은 경우

연령 위주로 관계를 맺는 편이 좋은 경우는 어떤 경우가 있을까? 연장자의 흥미와 능력을 활용할 수 있는 업무라면 가능하면 연장자에게 맡긴다. 젊은 층과 같은 취급을 하지 않는 것이 좋다. 내가 몸담고 있는 카운슬링 분야에서는 아이들 면접은 비교적 젊은 카운슬러가, 부모와의 면접은 연배가 있는 카운슬러가 맡는 경우가 많다. 강의도 마찬가지다. 연배가 있는 교수들이 개론을 주로 담당하며 젊은 교수들이 각론이나 기법 등을 맡는다.

또 다른 경우는 정보제공을 할 때다. 젊은 상사는 연장자인 부하보다 정보량이 많다. 회의 등에서 취합된 정보는 가능한 한 빨리 연장자인 부하에게 알려주는 편이 좋다. 젊은 부하가 모르는 사안을 나이 많은 부하가 알고 있다한들 동료들은 그다지 질투하지 않는다. 나이 많은 부하 또한 연장자로서 자신이 인정받고 있다는 생각에 지위는 낮아도 자부심을 가질 수 있다. 상사가 연장자인 부하를 챙겨주면 다른 젊은 부하들도 그 사람을 무시하거나 홀대하지 않는다. 인간 관계에서 연공서열에 따른 종적 관계를 무시할 수는 없다. 노마지지(늙은 말의 지혜란 뜻으로 하찮은 인간이라도 나름대로의 지혜와 경험이 있음을 비유한 말)란 말도 있듯이 연장자는 그 인생 경험만으로도 충분히 조직에서 기능을 발휘한다.

연령을 고려해서 득이 되는 또 다른 경우는 사적관계를 맺는 경우다. 가능한 한 이쪽에서 말을 걸어주고 부를 때는 '~선생님'이라고 경의를 표한다. 상대방이 선 채로 인사를 할 경우 나도 의자에서 일어나 인사를 한다. 술자리에서는 먼저 자리를 권한 후 앉는다 등등, 종적 관계를 의식하고 있음을 행동으로 보여주는 것이 좋다.

역할(입장)로 인간관계를 맺는 편이 좋은 경우

그러나 연령을 초월해서 행동해야 할 때가 있다. 이를 잘못하면 업무에 지장을 초래할 수 있다. 먼저 자신의 책임을 명확히 표명해야 할 때. 본인이 알고 있어야 하는 중요한 사안에 대해 보고를 받지 못했을 때가 그 예다. 이럴 때는 분명히 짚고 넘어가야 한다. 또한 회의에서는 책임자인 본인이 앉아야 할 자리에 반드시 앉는다. 그 자리는 당신의 책임과 역할을 대변하는 자리이기 때문이다.

개회사 등을 쓸 때도 마찬가지다. 연장자가 쓴 문장에 손을 대기를 주저할 필요는 없다.

과장은 과장으로서의 초자아(마음을 다잡는 원점)가 있다. 연장자에게라도 경외의 대상이 되어야 한다. 그래야 그룹 통합이 원활해지고 모럴 의식이 함양된다. 그러므로 중대 결정을 내릴 때 연장자의 의견을 참고하는 것은 좋지만 휘둘려서는 안 된다. 자신의 초자아를 정확히 인식해야 한다. 칼자루는 다른 누구도 아닌 나 자신이 쥐고 있으므로. 가신의 우두머리를 따라 전장에서 싸우는 어린 주군의 기상으로 결단력 있게 자신의 판단을 표명할 필요가 있다. 인생 선배랍시고 평상시에 연장자에게 지나치게 의존하면 필요할 때 지휘 통솔하기가 힘들어진다.

리더는 고독한 법이다. 이를 감수하겠다는 마음자세가 중요하다. '남을 믿기보다는 나 자신을 믿는다.' 는 각오를 다진 뒤 연장자에게 경의를 표하고 가르침에 귀 기울이는 자세가 현명한 자세다.

- 연장자를 존중해야 할 때

❶ 연장자의 흥미나 능력을 살릴 수 있는 업무

❷ 정보제공을 할 때

❸ 사적 관계일 때

자기 입장을 주장해야 할 때

❶ 책임을 분명히 해야 할 때

❷ 중대한 결정을 내릴 때 ‖